Ronso Kaigai
MYSTERY
227

絶版殺人事件

Pierre Véry
le testament de Basil Crookes

ピエール・ヴェリー
佐藤絵里［訳］

論創社

Le Testament de Basil Crookes
1930
by Pierre Véry

目次

主要登場人物

バジル・クルックス……………作家。『シンデレラの娘』の著者
トランキル……………………フランス人。引退した古文書管理人で、謎解きが趣味
ジョージ・ロデリック卿………アルデバラン号船長
テンビー・オガル………………水夫
ジェイムズ・バセット…………水夫
ハンス・ファン・ハース………機関士。オランダ人
モーセ・エイントリー…………火夫。ユダヤ人
トビー・グース…………………コック
ウロホ……………………………見習い水夫
カール・ヒンメルブラウ………ドイツ系アメリカ人の実業家
ロール・ヒンメルブラウ………ヒンメルブラウの妻。フランス出身
ジョン・カウチ…………………ダンバートンの開業医
グレイロップ……………………ダンバートン警察署長
ビッグス…………………………警部
トンプソン………………………巡査
バトラー…………………………巡査
アーロン・E・K・ピルグリミッジ卿……ハイランド地方ヘッドミルズの弁護士

絶版殺人事件

序章　二つの馬鹿げた悪戯

四月一日、正午過ぎ。男は初老で小柄、髭は生やしていない。材木に腰掛けて北の方向に耳をそばだてていたが、おもむろに立ち上がると、灰色の上着の裾を丹念に払った。

「よし、時間だ」

耳を聾する轟音。蒸気機関車が姿を現す。車体は右に傾いている。

イギリスのベッドフォードとサフォーク州イプスウィッチを結ぶ急行は、一分だけ遅れていた。列車は減速しながらニューマーケットの急カーブに近づく。この国の鉄道網でも屈指の難所だ。四キロメートルほど離れた駅の名がこのカーブにもついている。ここでは普通列車も急行列車も、時速十五キロメートルほどに減速せざるを得ない。

これから語る二つの出来事の少し前、まさにこのニューマーケット・カーブで、悲惨な事故があった。強い酒に目のない機関士が運転を誤ったのだ。それ以来、ニューマーケット・カーブは惨事の現場として名を馳せている。想像を絶する数の犠牲者を出したこの大事故は、新聞でも大きく報じられた。

そのため、巨大な機関車にブレーキがかけられて悲劇の舞台にさしかかると、流血の場に漂う陰鬱な雰囲気に心をそそられ、物見高い乗客が五十人ほど窓から顔を覗かせて惨状の痕跡を探すのだった。

しかし、事故をしのばせるものといえば、線路の両側にうず高く積まれた板切れと、あちらこちらに雑然と置かれたスコップとつるはしだけだ。数百メートル先には板張りの小屋があり、線路を補修する工夫たちが空きっ腹に昼食を詰め込んでいる。暖かい日だった。強い陽光が砂利に降り注ぎ、線路を照らす。野原はまどろんでいる。静寂を破って、ホップ畑から一羽の鳥の鳴く声が妙にはっきりと聞こえた。

列車がやって来ると、小柄な男は窓から斜めに出された乗客の顔に皮肉っぽい眼差しを投げかけ、何人かの若い乗客は、反射的にからかいの言葉を男に浴びせた。男の目の前に、とうとう最後尾の車両が来た。窓から覗く顔はない。

すると、一人で突っ立っていた男は素早く二歩進み出て片腕を挙げ、コンパートメントの中へ向けて、長方形の物体を投げ込んだ。

ミス・ドロシア・ハイドポットは、とてつもなく長い一夜と退屈な半日を列車に揺られてきたせいで、見るからに疲れ果てていた。眠くなるのも無理はない。生まれ故郷のカンバーランド州カークブリッジからこの老嬢がはるばる旅しているのは、他でもない、甥っ子ジェイムズ・マクレガーの結婚式に参列するためだ。マルメロのゼリーやスモモのコンポートを夢見ながらうとうとしていると、不意に何かが頭に当たって、飛び起きた。額から顎まで何度も手で撫でてみる。よかった！　出血はなさそうだ。手のひらにも、細く長い指にも、血は一滴もついていない。ミス・ハイドポットはかんかんになって、たった一人の相客のほうを見た。十五歳ほどの若い娘が、まったく垢抜けない身なりで、青リンゴ色のブラウスに赤毛をたらし、目を丸くしてこちらを見ている。二人の間に面識はない。

「ちょっと、あなた、どうしてこんな無礼なことをなさるの？」

ミス・ハイドポットは膝の上から本を取り上げ、振りかざす。

「いいえ、お言葉を返すようですけど」。娘はいかにも心外そうな表情を大げさに作って言う。「この本、あたしが投げたんじゃありません。そこの窓から入ってきたんです」

ミス・ハイドポットは窓からぐいと身を乗り出して野原を眺めたが、どんなに目を凝らしても、土手の上にも、隣の車両の扉にも、人影はない。あの小柄な男が見えるわけはなかった。本を放るや、急いで列車の後ろで線路を渡り、並行する北行きの列車の線路の脇に立ったからだ。老嬢は一瞬、空を見つめた。いったい、いつの間に空から本が降るようになったのだろう？　列車は徐々にスピードを上げていく。やがて、白髪まじりの髪を風に乱されたので、ミス・ハイドポットは仕方なく座席へ腰を下ろした。手に持ったままだった本を目の前にかざす。

「それにしても不思議だこと」。老嬢は尖った声で、ありったけの蔑みを込めて言った。「あなたがおっしゃるのは、これのことね！　これが、窓から飛んできたと！」

「そのとおりです。あたしは、眠っていませんでしたから。間違いありません」

「ええ、ええ、確かに、私はうとうとしていましたよ。つまり、あなたもご存じないのね……誰がこのばかげた悪戯を仕掛けたのか？」

「見当もつきません」

「あなたは身動き一つなさらなかったわね！　窓へ駆け寄り、叫ぶべきでしたよ……。いいこと、あなたにぴったりの助言を一つ差し上げますから、できるだけ覚えておきなさい。『率先して行動せよ！』　率先して行動しなくては、何事も成し遂げられません。この私ことドロシア・ハイドポットは、常にそうしてまいりました」

若い娘は下を向いたまま、答えようとしない。おおかた、吹き出したいのを必死にこらえているのだろう。ミス・ドロシア・ハイドポットはすべてを自分に都合よく解釈し、青リンゴ色のブラウスを着た赤毛の娘には頭を巡らす間も与えなかった。どうやら怒りは収まってきたらしい。

「さて、この本を飛んできた方向へ投げ返したらどうかしら？　あなた、どう思って？　私がこの本を読むとでも？　題のみならず、中身まで？」そう言うと、ミス・ドロシア・ハイドポットは本を薄っぺらな胸の前まで持ち上げると、不意に好奇心に駆られて何ページかめくった。「どうせつまらない作品でしょう……。やっぱり、思ったとおりだわ。ろくでもない小説……嘆かわしいこと！」甲高い叫び声が娘を驚かせる。「おお！　こんな陳腐なシロモノを書くほど天に見放された人間がこの世にいるなんて！」そして、乱暴に本を閉じて言った。「どうぞ！　いかが？　差し上げるわ。」

娘は手を差し出す。

「あら！　お礼には及ばなくてよ。本当につまらない品ですもの」

憤然と言い放ち、短気な老嬢はもったいぶって目を閉じた。

甘酸っぱい色に身を包んだ、燃えるような髪色の若い娘は、同乗者を激怒させた小ぶりな本を開く。最初のページにはこう書いてある。


「シンデレラの娘」

これが表題だ。続いて、聞いたこともない作者の名が記されている。バジル・クルックス。

次のページには、大きな活字でこう印刷されている。

偉大なる芸術家、アーサー・ラッカムに捧ぐ

しかし、この赤毛の田舎娘に、そんな表題や献辞がどれほどの意味を持っただろう？　気の毒な娘は字が読めないのだ——本人は隠しているが。

（古物屋に売ればいいわ。ええと……いくら位になるかしら？）と娘は考える。

疾走する列車は小気味よく揺れながら時速九十キロでイプスウィッチへ向かう。乗客たちは列車がまったく動いていないかのような錯覚を抱く。機関車では、機関士が顔に流れる黒い汗を拭いながら、あと少しで仕事が終わるぞと考えている。青リンゴ色のブラウスの娘は本を読む振りをし、ミス・ハイドポットは軽くいびきをかきながら眠っている。ケンブリッジへと北上する列車が轟音を立てて近づき、急行列車とすれ違うが、老嬢は目を覚ましもしない。

ケンブリッジ行きの列車に、太鼓腹の男が乗っていた。やがてニューマーケットのカーブに差しかかると、男の目の前に、コンパートメントの窓から一通の手紙が舞い込んだ。あの初老の小男が車外から放り込んだのだ。コンパートメントの客はずんぐりした体格の冷静沈着な男だ。彼は自問した。

（おや、ディッキー。この手紙を拾うつもりかい？）

この男はコンパートメントを貸し切りにし、一人で占領していた。おそらく社交嫌いか、あるいは怠惰なたちなのだろう。

それでも身を屈めて手紙を拾い、眼鏡をかけ直す。封筒にはこんな宛名書きがある。

運命を切り拓きたい人へ

もったいぶった大きな書体で、すべて大文字で書かれており、人目を引こうという意図が一目瞭然だ。

（おいおい、ディッキー。そんな封筒を開きなさんな。それより葉巻でも吸ったらどうだい？）

だが、男はやはり蠟の封印を破った。

手紙を読み終え、しばし茫然とする。指が機械的に便箋を封筒へ戻す。

「馬鹿げた悪戯だね、まったく」とうとう声に出してそう言った。

男は手をほとんど動かしもせず、指の力をわずかに弱めただけで、奇妙な手紙を窓の外へ放った。

手紙はふわりと飛んでから、つむじ風に乗ってくるくる回り、最後に見事な滑空をして、とうとう人気《ひとけ》のない白っぽい道に落ちた。

ニューマーケットが近づいてきた。機関車が汽笛を高らかに鳴らすと、小さな町が懐を開き、家々を素早く左右に退かせて、煙を吐く怪物の通り道をあけるかのように見える。

列車のはるか後方の野原を、フロックコートに灰色のゲートルという出で立ちの、あの小男が進んでいく。足取りは軽く、目には悪戯っぽい光をたたえ、唇には皮肉な笑みが浮かんでいる。時おり屈んでは華奢な指で茨の若枝を払ったり、ゲートルの内側に入り込んだ雑草を取り除いたりする。土くれをよけて跳ぶ度に、背中でフロックコートの裾がはためく。男が目をつけた最初の木はブナだった。

「ブナでも構わんさ！」

年齢に似合わぬ機敏さで最初の枝までよじ上ると、丈夫な綱をその枝に結びつけ、端に輪を作り、結び目が滑るようにした。男の口元に冷笑が浮かぶ。不意に葉がざわついた。小さな体が激しく三、四度揺れて、それから天と地の間で動かなくなり、ぶらりと垂れた。

第一部　アルデバラン号の事件

I　謎の士官

　桟橋の上で、痩せこけて飢えた野良猫たちが魚の匂いにつられてうろついている。一人の男が誰かを見張っているらしく、高い標柱の陰にさっと身を隠し、手のひらで葉巻の火を覆い隠す。スコットランドのダンバートンの町は眠っている。静まり返った港の足元には鏡のようなクライド湾の海面が広がり、その上に幽霊じみた霧が漂う。クライストチャーチの大時計が十二時を打つ。まさにそのとき、柔らかなさざ波を立てて一隻のボートが闇から現れた。闇の中で、錨を下ろした船のシルエットが揺らめく。ボートに乗っているのは船乗りだ。金属のボタンがついた青い上着を着て、遠洋航海船の船長用の白いズボンを穿いている。帽子のひさしが光る。オールさばきは慎重で、オールの先は麻袋で覆われている。桟橋に着いたときにわずかな音も立てないよう用心しているらしい。

　港の桟橋に設えられた係留用の環にボートをつなぐと、男は勢いよく陸に上がり、暗い通りを進む。あらゆる動作が、素早く音を立てずに行なわれた。

　葉巻の男は標柱から標柱へ、戸口から戸口へ移動しながら、船員の後ろをつけていく。

　メインストリートのクイーンズ・ロードを過ぎると、路地はダンバートンの極貧地区へ通じる。場末の東区は娼婦や船乗りのたまり場で、下等な売春宿やいかがわしい安酒場のある一画だ。街灯はいよいよ少なく、建物の壁はいよいよ汚い。士官（上級船員）の服を着た男はうさん臭い通りの風景には目もくれず、足早に歩いていく。時おり、後ろを振り返る。追跡者は一度ならず、見つかったかと思ってひやりとした。だが、杞憂だった。通りはブラックスター（黒星）・スクエアという広場に突き当たる。名前の由来は一見してわかる。広場が五芒星の形をしていて、真昼でも暗いからだ。広場に至る五本の通りのうち一本は、なんとミルキー・ウェイ（銀河）という名だ。その通りに、男は迷わず入っていく。辺りにはもはや石造りの建物も、飾り鋲を打った背の高い扉もない。二本足で立つのがやっとの狭い歩道があるだけだ。士官が一軒の小屋に吸い込まれるように入っていったので、ここまで執拗に追跡してきた男は、はたと困った。小屋は不揃いの板で建てられ、窓はない。二階に一つだけある丸窓には赤い布が掛かっている。ただ、板と板の間は隙間だらけで、隙間から難なく中を覗くことができた。

店内は騒がしい。遊び人の船乗り、泥棒、ごろつきといった連中が皆、カード遊びやポーカーダイス賭博をしながら、大きなカップでエールかジンを飲み、商売女を片手で抱き寄せている。ダンバートンきってのやくざや無法者が集まっている。士官もそこにいた。背中が見える。四人のならず者とテーブルを囲み、話し込んでいる。追跡者は顔を上げ、鉄製の悪趣味な看板が風にあおられてきしんでいるのを眺めた。表側に大きく描かれているのは、乳房がはち切れんばかりに膨らんだ雌牛。裏側には英語の「スラング（俗語）」でこう書かれている。

乳牛愛好家御用達（「milk cow（乳牛）」には俗語で「金のなる木」の意がある）

追跡者は来た道を引き返した。

一時間後、士官が再び桟橋に姿を見せた。ボートに飛び乗り、素早く漕ぎ出す。ボートが音もなく横付けしたクルーザーは、桟橋から百メートルほどの所に停泊している。目を凝らせば、その名が読み取れる――「アルデバラン号」（「アルデバラン」はおうし座で最も明るい恒星の名）

灰色のフロックコートとゲートルを身に着けた初老の小柄な紳士が、ベッドフォードとイプスウィッチを結ぶ急行に本と手紙を投げ込んでから、三年が経とうとしていた。

あの二つの奇妙な贈り物は、どうなったのだろう？　無名の小説は、どこの古物商に売られ、買われて、また売られたのだろう？　コンパートメントに一人で座っていた乗客が拾った手紙は、どうなったのだろう？

Ⅱ　水夫テンビー・オガルの不快な目覚め

前章で繰り広げられた深夜の追跡劇から数時間後。アルデバラン号の水夫テンビー・オガルの目覚めは、すこぶる悪かった。口蓋も喉も舌も焼けついたようにカラカラだ。とは言え、彼はたった数杯のスタウト（黒ビール）で二日酔いになるような腰抜けではない。少しの間ぼんやりと簡易寝台の縁から足をぶらつかせ、指で髪の毛を梳いていた。そのとき、低い音が響いて完全に目が覚めた。二回、四回と、数を数える。そして、悪態をつきながら飛び起きた。近くの建物の鐘が六回、鳴ったのだ！もう二時間も前からアルデバラン号の操舵室で当直をしているはずった。それなのに、愚かにも高いびきで眠りこけていた。まるで懐かしいミドルセックス州の家での子供時代に戻ったかのように、当直もアルデバラン号もそっちのけで、この世で一番大切なのはテンビー・オガル様の睡眠であると言わんばかりに爆睡していたのだ！

オガルは口汚く罵りながらズボンに足を突っ込み、セーターと上着を着た。はしごを四段跳びで駆け上がり、甲板に出る。

船泊りを囲むダンバートンの町は目覚めつつあった。漁師たちが船の周りをせわしなく動き回る。小さな灰色の光が夜明けを告げ、クライド湾の海面を照らす。

（ジェイムズ・バセットの馬鹿め、何だって起こしてくれなかったんだ？）テンビー・オガルは思った。

回れ右をすると、そこにジェイムズ・バセットがいた。見上げたことに、舵輪に寄りかかり、持ち場をしっかり守っている。あっぱれだ！

（立派なもんだ！　だが、ただじゃ済まないぞ。お返しはさせてもらうからな、ジェイムズ。それにしても、二時間の超過勤務とはあきれるぜ！）

オガルはポケットから人参を取り出して齧りながら、同僚の肩に手を置く。

「ご苦労さん！　お前は俺のことを忘れてたが、俺はお前がしたことを忘れないからな。さあ、一杯引っ掛けて、さっさと寝ちまえ」

バセットは答えない。オガルは彼を軽く小突いた。

「可愛い彼女の夢でも見ているのか？」

返事をするためにゆっくりと向きを変えたのかと思いきや、バセットの体がぐらりと揺れる。オガルが支えなければ、甲板の上に伸びていただろう。

「こいつ、眠ってる！」

バセットは実際、眠っていた。しかも、眠りが異常に深い。いくら呼んでも、頬を叩いても、尋常ならぬ昏睡から覚めない。オガルは親指の爪で自分の顎をこすりながら思案した。髭がじゃりじゃりと音を立てる。

「そうか！　つまり、この船の全員が眠っているということか？」

不意にそう気づくと、船員室へ駆けつけ、仲間を一人ひとり、揺すぶった。オランダ人の機関士ハンス・ファン・ハースも眠っている。見習い水夫ウロホも眠っている。機関室へ向かう。ユダヤ人の火夫、モーセ・エイントリーは腰掛けに掛け、鋼板を張った壁にもたれて、半年前から火が消えたままのボイラーの前で寝ている。オガルは彼に触ってもみなかった。案の定だ。

（こいつは一大事だ。）再び甲板へ上りながらオガルは思う。

老コック、トビー・グースの船室を覗いてみる。彼も死んだように眠っている。

（船長も眠っていたら、全員だな！）

士官居住区へ通じるはしごを駆け下りる。エナメル塗料を塗った木製のドアをこぶしでせっかちに叩く。声を絞り出して叫ぶ。

「船長！　船長！」

ドアは即座に開いた。

「どうした！　何だ？　何かあったか、オガル？」

戸口に立つジョージ・ロデリック船長は長身で顔は青白く、髭はきれいに剃られている。オガルが後に証言するように、一睡もしなかったように見える。テーブルの上に広げられているのは、大西洋の地図だ。

「船長！　皆、眠っております！」

「皆って、誰が？」

「全員です！　バセットも、エイントリーも……一人残らずであります」

舵輪へ急ぐと、傍らにはバセットが正体もなく横たわっている。船長は彼の体を揺すり、心臓の位置に耳を当てた。

「確かに眠っている。病気じゃないな。薬を盛られたんだ。全員と言ったな？」

「はい、一人残らずです、船長」

「しかし、君は？　この状況で、どうして君だけ目が覚めたんだ？」

船長は緑色の瞳でじっと水夫を見つめた。その視線は射抜くようでもあり、寂しげな青緑色の水の底から遠くを見つめているようでもある。だが、体こそ大きいが顔にあどけなさが残るテンビー・オガルの真っ直ぐな目を見れば、彼に疚しいところがないのは明らかだった。

「申し訳ありません、船長。四時から当直のはずでしたが、目が覚めたらもう六時でした。昨夜、飲み食いした量が他の連中より少なかったからかもしれません」

「わかった。ダンバートンへ上陸して医者のカウチ先生を訪ねるんだ。午前中にアルデバラン号に来てくれるとありがたいと、伝えてくれ。友人のグレイロップ警察署長が朝のうちにここに来ることになっている。彼にもこのことを知らせてくれ」

オガルは立ち去った。

それから、ジョージ・ロデリックは眠りこけている乗組員たちにはもう構わず、ブリッジ（船橋〔せんきょう〕。上甲板の高所にあり、船長が操船・通信などの指揮にあたる場所）に上って船首のほうを向いた。

湾内のあちらこちらで、男たちがはしけや貨物船の歩み板から歩み板へ跳び移る。レッドフィッシュ号の甲板では船員がネズミのように走り回っている。煙突を二本立てたこの船はスチームシップ・スコッチ社の蒸気船で、ダンバートン、グリーノック、エアを結んで毎日運航している。遠くの対岸付近では、泥運搬船のエンジン音が響く。浚渫船が作業を開始し、バケットチェーンがギーギーと音を立てながら透明な水に沈められていく。

ロデリック卿のクルーザーは静まり返っている。アルデバラン号は沖のほうを向いている。船長の遠い眼差しは、何を見ているのだろう？

Ⅲ　アルデバラン号を見つめる男

それから少し経った頃。ヒンメルブラウ夫人の寝室のドアが二度、遠慮がちにノックされた。年老いたメイドが顔を出す。

「何です、アガサ?」

「奥様、旦那様から、奥様のお部屋へ伺ってもいいかお尋ねするよう仰せつかってまいりました」

ヒンメルブラウ夫人はもったいぶった言い方に苦笑いし、それから眉をひそめた。

「すぐにそちらへまいりますと伝えてちょうだい」

階下の書斎では、書類が山と積まれたデスクの周りをカール・ヒンメルブラウが行ったり来たりしている。彼は一、二度、港に向かって開かれた窓の前で立ち止まった。窓枠の中に、アルデバラン号の繊細なシルエットが見える。

その朝、ヒンメルブラウの気分はかなり沈んでいた。それでも、湾の景色が目に入るたびに、分厚い唇に笑みが浮かぶ。カール・ヒンメルブラウは背が低く、髪は茶色で髭を生やしている。せわしなくまばたきする眼光鋭い目は、切れ者ながら道徳観念に乏しい印象を与える。バイエルンからアメリカへ渡った初期のドイツ系移民の末裔である彼は、オハイオ州の州境付近では運に恵まれなかった。行き当たりばったりの投機を繰り返したせいで、ささやかな遺産を瞬く間に使い果たしてしまった。

逆境からのし上がろうとする野心家に新世界が何度か与えてくれた好機を、意気地がないせいでつかみそこねたのだ。ある日、ついに一文無しになった。翌日には一着だけ残っていたまともな服も手放した――それと共に、良心のかけらも手放したらしい。そして、カール・ヒンメルブラウはシンシナティの裏社会へと飛び込んだ。

今の彼はスコットランドのダンバートンに豪邸を構え――彼自身に言わせれば、保険業を手広く営み――、結婚もしている。

ヒンメルブラウがふと振り返る。夫人が書斎に入ってきたのだ。

「私にお話ですって、カール？」

「うん、ロール」

ロール・ヒンメルブラウは美しい。フランス生まれで、まだ三十歳そこそこだ。美しさが余すところなく花開き、頂点に達する年頃だ。栗色の髪に、くっきりしているが優しげな目鼻立ち。女性美そのものの豊満な体の線を、ぴったりした白いサテンのドレスが際立たせている。

カールは窓を背にして、妻をうっとりと眺める。目に浮かぶ苦悩の色を隠そうともしない。妻を愛しているのだ。心の動揺をどうにか抑えながら言った。

「ロール、行かないでくれ。ここにいてほしい。頼むから、行かないでくれ。この間仲直りしてからは、何も疾しいことはしていない。お前のプライドを傷つけないよう精いっぱいやってきたつもりだ。それなのに、お前の心は離れていくばかりだ。だが、俺が望みを捨てていないのはわかるだろう。離婚は考え直してほしい」

「カール、もう望みは捨てることね。これ以上、ここにはいられません。引き止めないでください」

「ロール、もう一度、もう一度だけ、信じてくれ。きっと……きっと行ないを改めるから。なあ、ロール」

夫人はもう沢山という身振りをする。これまでさんざん耐え、落胆を味わい、信頼を裏切られてきたのだ。

「あなたは約束しても、ちっとも守ってくれませんでした。もう無理よ。明日の朝七時半の急行でダンバートンを発ちます、フランスへ戻るために。あちらへ帰って、すべてを忘れたいの。私がいない理由を取り繕うのは、簡単でしょう。療養のために大陸へ行ったとでもおっしゃれば？　病気ということなら、恰好の口実になるでしょう。病名はあなたの想像にお任せします」

夫人は立ち去ろうとした。話し合いは打ち切られたのだ。ヒンメルブラウは妻の決心が揺るぎないことを悟った。そして、本性を現した。懇願しても無駄なこと、もはや妻を支配できないことを悟り、怒りを爆発させたのだ。

「フランスへ帰るのか。あのロデリック船長と一緒なんだな？」

「船長と私は、ただ昔なじみのお友達としておつきあいしているだけよ。それはあなたもよくご存じでしょう？」

実は、ロール・ヒンメルブラウは結婚前、まだ旧姓のアルブレを名乗っていた頃、フランスでロデリック船長と知り合い、親しくなった。二人の間には時と共に友情よりも甘い感情が芽生えたらしい。ところが、諸々の事情によって離ればなれになり、距離と時間には勝てなかった。そして、立派な航海士となったロデリック船長がたまたまクライド湾に錨を下ろし、二、三週間後には出航しようとしていたところ、かつてのアルブレ嬢、今はヒンメルブラウ夫人となった彼女と再会したのだ。昔日の友情と、共に過ごした楽しい日々の思い出が蘇った。当時のロデリック卿はこの上なく明るく、この上なく誠実な友だった。誠実さは今も変わらない。ただ、明るいと言えるかは……。六カ月前にダンバートンに到着して以来、どう見ても、もう海には出ないと決意したかのようなのだ。それでも相変わらず海をこよなく愛し、めったに陸には上がらない。そして、いつも気がふさいでいる。いったい何があったのだろう？　何か秘密がありそうだが、誰にも打ち明けていなかった。

「的外れだとわかっているくせに、そんな当てこすりばかり言って、あなたはご自分の品位を落としているだけです。ロデリック船長は立派な方よ」

「ほう！　ほう！　立派な方だと！　お前の頼もしい船長さんが、お前が信じているような品行方正な男でないとしたら？　あの偉そうな態度の裏に、やくざな性分を隠しているかもしれないぞ。それを証明してやろうか……？」

ヒンメルブラウの頭にあったのは、つい昨夜、「乳牛愛好家」が集まるいかがわしい店まで後をつけた、あの謎の士官だ。夫人は夫の言葉を遮った。

「もう沢山。今日の午後にもダンバートンを発ちますわ」

そう言うが早いか、夫人は書斎を出ていった。ヒンメルブラウの耳に、玄関の扉が開いて閉じる音が聞こえた。それから彼は海のほうへ向き直り、アルデバラン号が満ち潮にもまれて上下に揺れるのを眺めた。ひややかな眼差しが、次第に皮肉で不穏なものとなっていく。それから、彼は書斎を後にした。書斎の机に散らばった書類や、紙類を詰め込んだファイルは、本当は実体のない事業のカモフラージュ用に過ぎない。自称保険代理業者は、玄関で腕時計を見た。九時半だった。

（ロールのやつ、ご立派なロデリックにさよならと言うのか、またねと言うのか知らないが、いずれにしても、アルデバラン号に立ち寄る時間は少ししかないだろう。よし、よし……）

ヒンメルブラウは寝室へ入っていき、マホガニーの書き物机の引出しをまさぐり、髪を整え、そそくさと出ていった。五分後には、港に着いていた。

Ⅳ　陽気なジョン・カウチ登場

ジョン・カウチ医師はずんぐりした陽気な小男だ。アルデバラン号を訪ねようと渡し船に飛び乗ったところで声をかけられ、ペンギンの羽のように短い腕をぎこちなく差し出して声の主と握手する。「ハロー！　ヒンメルブラウさん！　もうお目覚めですか、まだ十時前なのに。おおかた、あの骨董品みたいな女中に追い出されたんでしょう、年に一度の掃除のために？　あの年じゃ、一年に一度ほうきを持つのがやっとでしょうからな。そうじゃありませんか？」

そう言うと、カウチ先生はいつまでも高笑いをやめない。冗談を言う度に自分で笑うのが癖なのだ。一日にいったい何度軽口を叩くことか。ちなみに、毎度、面白がるのは本人だけと言っていい。あまり気の利いた冗談ではないからだ。

ありていに言えば、学のない連中でさえ馬鹿にするほど陳腐な駄洒落《だじゃれ》、使い古された地口を、カウチは得意げに口にする。「わが同胞バーナード・ショーと私」とよく言うのは、アイルランド出身だからである。それでも周囲の連中が大目に見るのは、彼が陽気で気のいい仲間であり、何よりもチェスの名手であると知っているからだ。専門は気管支疾患で、名医と評する患者はいないにしても、藪医者とくさされるほどでもなかった。

カウチ医師の住まいは、ミドルランドのヒースの荒れ野に近いダンバートン北郊の瀟洒な一戸建てで、地下の充実したワインセラーが最大の魅力だ。市の門にほど近いこの家について、友人たちはこう評する。「あれは、お払い箱になった冗談、見向きもされなくなった駄洒落、忘れられた言い回しのホスピスさ。ダンバートン中の住人が細心の注意を払って避ける古めかしい小咄が、隠居所を求めてカウチの家に逃げ込むんだ」。それは、親しみの込もった唯一の揶揄であった。

実際、カウチ先生の手にかかれば、生気を失った逸話や切れ味の鈍った機知もどうにか生彩を取り戻す。

「確かに先生のおっしゃるとおりですが」とヒンメルブラウが言い返す。「実を言うと、朝っぱらからこうして出かけてきたのは、そのせいではありません。家内がロデリック船長に暇乞いをしにアルデバラン号に来ておりまして、私も合流するところです」

「暇乞い？　引っ越してしまわれるのですか？」

「家内は大陸へ帰ることになりました」

「ずっとではないのでしょう？」

「かなり長くなるかもしれません、カウチ先生。健康問題でね」

「お察しします。話はそこまでにしておきましょう！」カウチは船頭が聞き耳を立てていることを知らせようとヒンメルブラウに合図する。カウチは目立たないつもりで合図したが、船頭はすぐに気づいて、ばつが悪そうな顔でロープのローラーを一生懸命にいじる振りをした。「それで、奥様はいつご出発で？」

「支度さえ整えば、今日の昼過ぎに……」

「そうですか！　それなら、あなたも羽を伸ばせばいい。船までご一緒しましょう」

船頭がオールの端を桟橋の石の部分に押しつける。ロープが環をすり抜けた。ボートはゆっくりと旋回を始める。

二人の男は並んでアルデバラン号を眺める。ゆったりとした優美な姿のクルーザーだ。船首から船尾までの長さは二十五メートルほどで、幅は七メートルある。例によって船首には船員室が、船尾には士官室がある。ロデリック船長は士官室で一人で寝起きし、ぼんやりと煙草をくゆらし、老コックのグースが作る食事を美味くもなさそうに食べるのが常だ。

ボートでは、おしゃべりなカウチがとうとう我慢しきれずに口を切った。

「うん！　あなたには言ってもよさそうだ。だが、くれぐれも内密に願います。私はある事件のために、あの船に呼ばれたのですよ。ええい！　言ってしまいましょう！」二人の目の前では、船頭が火の消えた短いパイプをくわえて淡々とオールを動かしている。カウチは声を低めた。「水夫たちが一服盛られましてね……」

秘密を打ち明けたカウチはよほど肩の荷が下りたらしく、しわだらけの顔に満面の笑みを浮かべる。

「盛られた！」ヒンメルブラウが驚く。「しかし、ご覧なさい！　そんなふうには見えませんが……」

実際、アルデバラン号の船上では二人の男が張り板に寄りかかって金属の部品をせっせと磨いている。

「皆、目が覚めてきたようです。質の悪い麻酔薬だったのでしょう。要するに、怪しげなクスリだったということですな！」

カウチは大笑いし、ヒンメルブラウはかすかに微笑む。そして、ごくさりげなくこう尋ねた。

「ところで、先生は私よりもロデリック船長と親しいようですから、教えてください。あの船はいったい何をしているのです？　ここに半年も停泊したままで、船長も乗組員も沖に出たときとまったく同じ生活をしているようですね。船員たちは四時間交代で操舵室の当直をし、缶焚《かま》きも交代で消えたままの炉の番をしている。ロデリック船長はと言えば、湾の入り口を一人で、まるで敵の襲来を待つかのように見張っている。何か秘密がありそうだ。この頃では、毎晩、この船が夜の闇にすっかりさらわれて消え去る夢まで見るようになりました。でも、翌朝カーテンを開けると、いつも真っ先に目に入るのはこのアルデバラン号なのです」

　ジョン・カウチは微笑み、丸々とした手をボートの船縁から下へ垂らす。

「正直に言うと、私も同じ質問をしょっちゅうしているのです。けれども、ロデリック船長は自分の秘密を言いふらすような人ではありません。まあ、可能性は二つあるような気がしますね。船長が変わり者なのか、恋をしているのか、どちらかでしょう」

　カウチは口をつぐんだ。ヒンメルブラウの顔色が急に悪くなり、目が宙の一点に釘づけになっているのに気づいたのだ。カウチが彼の視線を追うと、アルデバラン号の甲板上で身を寄せ合う二人の人影に至った。ヒンメルブラウ夫人とロデリック船長だ。

「ううむ。つまり……要するに、船長はいささか変わり者だと言えそうですな……」

　口ごもりながらそう言うと、人の好い医師はだんまりを決め込んだ。生まれて初めて、自分が気の利かない男だと悟り、後悔の念に苛まれていた。

V　アルデバラン号の船上で

ロデリック船長が片腕を伸ばし、ダンバートンの方向を指した。

「ボートに乗っているのはヒンメルブラウ氏では？　カウチ先生と一緒だ」

「あの人だわ。私がここにお暇乞いをしに来るのを知っていましたから。気をつけてくださいね。腹黒い人ですから。いったいあなたの船に何の用かしら？」

船長は冷笑を浮かべる。

その表情が、船長とヒンメルブラウの関係を物語っている。

「ほう！」カウチが大きく息を吐き、声を上げる。「海もいいものですな、溺れないかぎりは」

「私は海の男にはほど遠い人間でね」とヒンメルブラウが言う。「ですが、船長、あなたは逆に、このところ、揺るぎない陸地があまりお好きでないのでは？」

「そのとおりです。どうしても必要なとき以外は、自分の船の甲板にいるほうがいいですね」

ヒンメルブラウは横を向いて密かに笑った。昨夜後をつけた謎の士官を思い出したからだ。彼はブラックスター・スクエアを抜けて、あの「乳牛愛好家」のいかがわしいたまり場まで行ったではないか。

会話が途切れたが、カウチが沈黙を破って訪問の目的を持ち出した。

「ところで、船長、薬を盛られたにしては、乗組員たちの体調は悪くなさそうですね」

「全員、目を覚ましました。おおかた何かの手違いでしょう。これまでのところ、盗難もなかったようですから」

「船長、あなたも被害に？」

「いいえ！　でも、私以外は全員です」

「どうやら簡単に説明がつきそうですよ。コックのグースはもう目がほとんど見えないから、不眠症の古い薬を船員のスープにうっかりこぼしてしまったのかもしれません。鍋の中身を調べましょう」

「警察署長のグレイロップがそろそろ来るはずです。彼とは親しいんです。きっと署長が解明してくれるでしょう。それより先生、乗組員を一人二人、診てやっていただけませんか？　その間にカクテルを用意します。ヒンメルブラウご夫妻を先にバーへご案内し、そちらで先生をお待ちしていますよ」

「わかりました。でも、カクテルは遠慮しておきます。ここ一週間ほど、肝臓の調子が思わしくないもので。何か毒にならないものをいただきましょう。あちらの舵輪の所にいる船員に問診してみますよ。あの仕事なら、少々気が散っても構わないでしょう。どっちみち暗礁に乗り上げる危険はありませんからな」

「残念ながら！……」

そう答える船長の憂い顔を見て、陽気だが繊細さに欠ける医師も、さすがに笑うのをやめた……。

バーでは、ロデリック卿が慣れた手つきで二杯のカクテルを作った。

「さて、船長」ヒンメルブラウはやけに愛想よく語りかける。「どうしてもお訊きしたいことがありましてね。失礼かもしれませんが、桟橋からわずか五十メートルの所に停泊中にもかかわらず、航海中と同じ業務と日課を船員たちにさせているのは、なぜです？　クライド湾は大海原ではないでしょう？」

「ある意味で、クライド湾は私にとって大海原なのです。たったこれだけの狭い湾でも、船を浮かせてくれるなら、どんな水でも大海と同じです」

「おっしゃる意味がよくわかりませんね」

「あなたはときに、こんなことを考えたりしませんか？　人類が航海を始めてこのかた、何万隻もの船が海に飲み込まれました。大小さまざまな船が、横たわって砂に埋もれるのではなく、竜骨を下にしてすっくと立っているかもしれない。その姿を、私は何度となく想像しました。海の底に散らばるそうした伝説の船団の上では、死んだ船員たちが藻でがんじがらめにされながら、何世紀もの間、時の流れに関わりなく船を操り続けている。私はそんな夢想をして、楽しんでいるのです」

「詩人のごとき美しい夢想ですな！」

「そう！　ヒンメルブラウさん、想像してごらんなさい。この船が何らかの惨事に見舞われ、もう死者しかいないとします。死者はそれでも規律正しく、頑なに、もはや無用な当直をし、意味もなく現在位置を測定し、必要もないのにロープを操って帆の向きを変えている。いや、こんな答えでは、謎めいた事件よりもっと謎めいて聞こえるかもしれませんね。どうかご容赦を」

　ヒンメルブラウは話を続けたがったが、船長はもう話したくなさそうな口調だ。飲み物もできあがった。ロデリック卿が二個のグラスにカクテルを注ぐ。ヒンメルブラウ夫人には、所望したとおり、ごく少量のポートワインが、華奢なクリスタルのチューリップ形グラスで供された。

いっぽう、カウチ医師は当直の船員を入念に問診して診察し、鍋を調べるために、バーとは目と鼻の先にある士官居住区の配膳室へグースを伴ってやって来た。

そのとき、ダンバートン警察署長グレイロップの上機嫌な顔がはしごの上に現れた。

「やあ、カウチ先生！　船に病人でも出たかね？」

「そういうわけではないがね。ただ、言うなれば、乗組員が全員、ひどく朝寝坊したのさ」

「うん。聞いたよ」

二人がバーへ向かったそのとき、戸口から船長が飛び出し、珍しく取り乱した声で叫んだ。

「カウチ先生！　カウチ先生！　こちらへ！……早く！」

Ⅵ　事件

遺体は身をよじらせて絨毯の上に横たわり、その前にカウチが膝をついて屈み込む。

「手の施しようもありません。即死です」。医師は立ち上がり、ズボンの膝の埃を払いながら言う。

グレイロップがロデリック卿に軽く会釈する。「ヒンメルブラウじゃないか！」

それからヒンメルブラウ夫人に気づくと、彼女に向かってお辞儀をした。「カウチ先生の見立ては？　塞栓症か？」

「塞栓症？」医師はおうむ返しにしてから言った。「違う！　毒殺だ」

生来の冷静沈着さに職業柄磨きをかけてきたグレイロップだが、この医師の返答には驚愕した。

グレイロップ署長は長身で髪の毛は鳶色、謹厳実直なスコットランド人だ。人間を愛し、人間のせいで日々直面させられる嘆かわしい出来事にもかかわらず、性善説を信じている。座右の銘は「ワインの底には澱もあるが、それでもワインは美味い」だ。

船長と夫人も驚いて身を震わせた。ヒンメルブラウが毒殺された？　誰に？　どうやって？

「このグラスに毒が入っていたと、見た目でわかるのか？」船長が尋ねる。「カクテルを作ったのは私だ。皆で一口飲んで……」

「ロデリック、ちょっと待て」とグレイロップ署長が言い、カウチのほうを向く。「先生、この男性が自然死したのではなく、毒殺されたのは確かかね？」

「いかにも」

「確信する根拠は？」

「どんな医者でも見逃さない痕跡が、この人の顔には出ている。顔がひどく歪み、指がひきつり、手足はねじれているでしょう！　卒中でも同じように即死することはあるが、遺体にこんなひどい苦悶の表情が表れるのは、即効性の劇薬を使ったときだけです」

グレイロップは素早くバーを見回す。オーク材のカウンターの下に遺体が横たわり、カウンターの上にはカクテルグラスが二つとポートワインのグラスが載っている。三つのグラスには四分の三ほど飲み物が残っている。被害者が卒倒した拍子に、腰掛けていたスツールも一緒に倒れていた。

グレイロップは船長のほうを向く。

「何があったんだ？」

「私がカクテルを作った。ヒンメルブラウ夫人はポートワインがいいと言った。三人とも一口飲み、それから皆で甲板に上がった」

「なぜ？」

「モーターボートが近づいてくる音がして、署長が来たと思ったんだ。それが勘違いだとわかり、またバーへ戻った。それから、ヒンメルブラウ氏がストローに口を近づけ、そして倒れた」

「バーに戻ってきたとき、何か変わったことに気づかなかったか？」

「いや、まったく」

「あなた方がちょっと席を外している間に、誰かここへ入ってきた可能性は？」

「私の知る限り、そのとき士官居住区には誰もいなかった。でも、居住区内のどこかの部屋に隠れていた人物がいたとすれば、バーに入り、そして逃げることはできたかもしれない」

「逃げる？　それは無理でしょう！」とカウチが言う。「あなた方が甲板にいたとき、私もグースと一緒に甲板にいた。士官居住区に通じる階段の降り口にね。入っていく人間も出ていく人間も見なかった」

グレイロップが口を開く。「それでは、外部の者が来たとすれば、まだそこにいるわけだな」。そして、持ち前の決断力を発揮し、素早く指示をする。「ロデリック君、信頼できる船員を三人、貸してくれたまえ。二人は甲板のはしごの降り口に張りつかせる。三人目は私と一緒に来てもらう」

船長が水夫のバセットに声をかける。バセットは士官居住区の階段の上で見習い水夫のウロホと一緒に帆布を修繕していた。オガルとエイントリーを連れて下りてくるようにと船長がバセットに告げ、グレイロップは短いメモをしたためた。

三人のなかから、グレイロップは屈強な船員のオガルとバセットを選んで階段の上に配置し、何があってもそこを離れないよう、そして、誰もそこから出さないよう命じた。それから、エイントリーに案内させて士官居住区の各部屋を急いで見て回った。どの部屋も空だ。グレイロップはエイントリーを持ち場へ戻らせた。

ヒンメルブラウ夫人は今にも失神しそうだ。夫の恐ろしい死、目を背けたくなるような遺体の形相、グレイロップの事務的な口調、人々のせわしない行き来、そして、外部の者がすぐそこに隠れているかもしれないという考えにさえも、女性には稀なほど気丈に耐えてきたが、明らかにもう限界だった。

もう帰りますかと尋ねたグレイロップに、夫人は顔を両手で覆ったまま、首を横に振って見せ、すすり泣きもせずにじっと座っていた。カウチ医師の頭には無数の問いが浮かんだが、どれ一つとして口には出さなかった。船長も黙り込んだままだ。静寂を破るのはグレイロップの足音だけで、オーク材のカウンターまで何度も行きつ戻りつしている。カウンターの上にある三個のグラスがはらむ不気味な謎に、各人が怯えている。

グレイロップの眼差しが医師に注がれる。

「カウチ君、陸《おか》に上がってこのメモをビッグス警部に渡してもらいたい。それと、町の検査機関にこの酒を少しずつ持って行ってくれないか。ネックレスさんに分析を頼んでほしい」

カウチは引き受けた。

グレイロップがガラスの小瓶を三本貸してほしいと言い、ロデリック卿はすぐに戸棚からそれらを取り出した。グレイロップが丹念に瓶の中をすすぎ、グラスから中身を注いで栓をし、三本それぞれにラベルをつける。

「急いでくれたまえ」グレイロップがカウチに瓶を手渡しながら言う。

数分後、モーターボートがカウチと三本の瓶をダンバートンへ運んだ。

「カウチが診断を間違ったという可能性も大いにある」グレイロップは自説を手短に述べる。「犯罪があった。あらゆる観点から、そう考えられる。もう三本、瓶があるとありがたいな、ロデリック。間違いが絶対にないように、この液体をもう一度、少しずつ採り、念のため自分で分析してみたいんだ……。さあ、もうこのバーを出てもいいだろう。鍵を預けてくれるか?」

二人の男性はヒンメルブラウ夫人を伴って隣の食堂へ移った。

そこで、署長はロデリック卿に乗組員昏睡事件について質問した。

しかし、ロデリック卿は何の手がかりも推理も思いつかない。しかも、乗組員には全幅の信頼を寄せている。したがって、一見したところ、今ここにある二つの問題を解決する糸口はまったくなさそうだった。

VII　ビッグス警部

カウチ医師は、必要とあらば素早く行動できる男だ。この日、身を持ってそれを示した。一時間もしないうちにエンジン音がし、モーターボートが戻ってきたことを告げた。三人の男性が乗っている。舵輪の前に立つエイントリーの後ろに、医師の丸々した体とは対照的ながっしりした体形の男が乗っている。

船長とグレイロップ署長は舷窓に近寄った。ロデリック卿の無言の問いに答えるように署長が言う。

「ビッグスだ。彼ならうまくやってくれるだろう。わが署きっての逸材だからな」

まもなくビッグスが乗船してきた。

年齢は三十歳前後、聡明そうな顔に散らばるそばかすは、じっと考え込んでいるときには特に目立つ。カウチの丸々と太って締まりのない体が、まるで短い足の上に鍋を載せたように見えるのに対し、ビッグスの体は硬く角張り、木を鉈《なた》で切り出して作ったような印象を与える。あらゆる部分がきっちり直角にできている。まるでロボットが歩いているようだ。

ビッグスが与える印象は、一言で言えば力強さだ。

それでいて、いったん仕事を離れて若い女性の前に出ると、天使のような微笑と、子羊のように純真で照れた表情が顔に浮かぶ。

敏捷さではビッグスにかなわないカウチが、後に続く。もう報告書を持っている。

簡単な紹介のあと、グレイロップが尋ねる。

「検死官は?」

「今は不在です」とビッグスが答える。「トンプソン巡査に、戻ってきたらすぐに知らせるよう指示しました」

「よし! ノーザンヒルズの事件には進展があったか?」

「電報が届いたばかりです、署長。幸い、宿屋の主人が洗いざらい自白したそうです。最後までしらを切っていましたが、焼けた薬莢と炭化した三本のマッチを持ち出したら、うろたえましてね。まったく想定外だったようです。とにかく、紳士面をしているくせに、とんでもない狸親父でした」

「そいつの鼻を明かしたわけだな。でかしたぞ。こっちの事件も負けず劣らず込み入っているかもしれない。どうせカウチから聞いているんだろう?」

「はい、署長。検査機関からの報告書をご覧になりますか?」

グレイロップが声に出して読む。

「ヒンメルブラウのラベルがついた瓶の液体からは青酸カリを検出。他の瓶の液体には、いかなる有毒物質も存在せず。署名:ネックレス」

「カウチは間違っていなかった。やはり犯罪が行なわれたのだ」とグレイロップが言う。

「まずは、現場の見取り図を描かせてください」

ビッグスは段取りよく仕事をこなす男だ。初動のやり方を見れば、グレイロップが信頼を寄せるのも当然であること、その信頼が明らかに長年の連係から生まれたことが見てとれる。

ビッグスは時おり船長に質問しながら、手帳に士官居住区のきわめて正確な見取り図を描き込んだ。作業が終わると、正確無比な資料が出来上がった。

士官居住区は例によって船体の後方にある。幅七メートル、奥行九メートルで、中央には甲板に通じるはしごの昇り口の四角いスペースがあり、それを囲むように五つの部屋のドアがある。

前のほうから、まず配膳室。ここは奥行二メートル、幅は士官居住区全体と同じ。ドアは中央に一つだけ。左右に舷窓が一つずつ。配膳室と隣接して、バーと船長室が向かい合わせに配されている。いずれも幅一・七五メートル、奥行三・二五メートル。両室ともに舷窓は一つだけ。あとは船尾だ。船のこの部分は普通、一つの大きな部屋になっているものだが、この船では中央で二分され、ドアのない壁で客間と食堂に分かれている。

二室のそれぞれに舷窓が二つ、中央スペースへ出るドアが一つある。最大で奥行三・七五メートル、幅三・五メートル。士官居住区は以上のような広さで、いっぷう変わった部屋の配置を考案したのは、最初の船主であるロデリックの伯父、アラン・ナイト卿自身だ。

ビッグスは見取り図を描くために各部屋を見て回りながら、士官居住区に潜んでいる者がいないか、甲板に通じるはしご以外に逃げ道はないか、入念に調べた。それからグレイロップのほうを向き、ややもったいぶって、こう言った。

「さて、今度はバーの取り調べです」

深刻な状況にもかかわらず、船長は口元がほころぶのを抑えきれなかった。バーの取り調べ！　船長はあの小部屋でこれまで多くの時間を過ごし、そこに気をそそるような秘密など何もないことはわかりきっている。作家が推理小説に盛り込むような壁の仕掛けや、秘密の揚げ板や、隠し扉など、このバーには一つもないと知っている船長の耳には、「バーの取り調べ」という言い方が大げさで馬鹿馬鹿しく感じられた。

ヒンメルブラウ夫人を食堂に残し、ロデリック卿、カウチ、グレイロップ、ビッグスは、バーへ移動した。

このバーは、いわば酒を楽しむために改造した船室に過ぎない。他のすべての船室と同様、開口部は二カ所で、前述したはしごの昇り口のスペースに面したドアと、その正面の舷窓のみ。調度類は部屋の中央のテーブルと、それを囲む肘掛け椅子だけだ。

他には何もない。

ドアから入ると左手にバーカウンターがあり、そちら側の壁の向こうが客間、右手の壁の向こうは配膳室だ。

ビッグスは遺体を素早く調べたが、手がかりは何も得られないことをすぐに悟った。そして、捜査を開始した……。まず、敷き込まれた厚い絨毯を調べる。マッチの燃えさしが数本と、ストローの細長い薄紙の袋が数本。片隅に栓が一個。ヒンメルブラウが倒れたときに落ちた灰皿からこぼれた吸い殻。テーブルの上にもう一つ灰皿がある。カウンターの上には三個のグラス、ストローを詰めた筒型の容器、アンゴスチュラ・ビターズ（トリニダード・トバゴ産の苦味酒）のビターズボトル（カクテルなどに苦味酒を一滴ずつ注ぐための細口の小瓶）、コーヒー豆の載った小皿。要するに、熟練したバーテンダーが通常揃えるもの一式だ。カウンターの後ろには小さなアイスボックスがある。

ビッグス警部は念には念を入れ、アイスボックスまで開けてみた。中には何も隠されておらず、怪しい点はまったくない。

テーブルと肘掛け椅子の所まで戻る。いずれも簡素かつ快適な家具で、言うなれば悪意もごまかしもない真面目一方の下男といったところだ。壁には額が四枚掛かっている。どれも古い船の版画だ。四枚の額を持ち上げてみる。後ろにあるのは、あって当然の物——つまり、申し分なく硬い平らな仕切り壁だけだ。

ビッグスは、コーヒー豆、アンゴスチュラ・ビターズの瓶、ストローを持ち帰るため、テーブルの上に置く。

時おり、手を休めずにグレイロップに質問をしたが、一言で答えられる簡単な問いばかりだった。捜査が進み、得られた情報についてグレイロップが意見を述べ、問題点がはっきりするにつれて、ビッグスはいささか苛立ってきた。最初は事件の解明につながる確かな手がかりがすぐに見つかるだろうと高をくくっていたものの、その望みが次第に薄れてきたからだ。

手がかり？　いったいどんな？

確かに、ビッグスは鋭い洞察力に恵まれている。これまで、それを実際に証明してきた。それでも、いくら眼力が鋭いとは言え、設計者が仕込みもしなかった出口や揚げ板や壁の仕掛けを暴くことはできない。

足で床を叩いてみるが、その音から、下に空洞がないのは明らかだ。上に目を向けると、天井には電球が一つ取りつけてあるだけで、何の仕掛けもない……。それでも、もしかしたら……電球の位置はちょうどオーク材のカウンターの真上だ。

ビッグスは肘掛け椅子を電球の下まで引っ張ってきて、ポケットから「タイムズ」紙を取り出し、椅子の座面にきっちりと敷いた。その上に乗り、電球をソケットから取り外す。そう、馬鹿馬鹿しいと自分でも思う。空になったソケットの内部を注意深く検分してから、電球を元に戻す。やはり、毒薬は天井から落ちてきたのではない。電球の尖った先から垂れてきたのでもない。床板や、そのために壁に空けられた穴から吹き出したのでもない。いずれも、残念ながら見当はずれだった。

Ⅷ　ビッグスの尋問

「それでは、そろそろ食堂へ戻りましょうか。訊きたいことが少々あります」とビッグスが言う。

グレイロップがバーのドアを閉める。食堂ではロデリック卿がヒンメルブラウ夫人の横に腰掛け、当たり障りのない話をしている。日と鼻の先で起きた悲劇から夫人の気をそらせようとしているのが見てとれた。いっぽう、食堂の反対側では、カウチが額にくっきりとしわを寄せ、沈思黙考している。謎を解こうとしているが手も足も出ないらしい……。警部たちが食堂に入ってくると、あっさり白状した。「まったく、この事件はさっぱりわかりませんな」

ビッグスが口を開く。「ロデリック卿、事件の前に起きたことを順番に説明していただけますか。どんな小さなことでも、できるだけ思い出してください。一見何でもなさそうに見える出来事が、事件全体の解明に重大な意味を持つこともありますから」

「わかりました」と答え、ロデリック卿が話し始めた。「ヒンメルブラウ夫人が暇乞いをしに乗船してくるとまもなく……」

ビッグスが弾かれたように顔を上げる。「暇乞い？」

「ヒンメルブラウと別れることに決めたのです」と夫人が言う。「今日、イギリスを発ってフランスへ向かうはずでした」

ビッグスは再び船長に問いかけた。

「ヒンメルブラウ夫人がこの船に着いたのは何時でしたか？」

「私が覚えている限り、確か九時半でした」

ビッグスが手帳にメモする。ロデリック卿は続ける。

「しばらくの間、夫人がもうすぐ出発することについて、話しました。それから、ヒンメルブラウ氏がカウチ先生とやって来ました。先生を呼んだのは私です。乗組員の昏睡事件のことでね」

「その話は聞いています。ヒンメルブラウ氏の話に戻りましょう。彼とは交友関係があったのですね？」

「知り合いですが、それほど親しくはありませんでした。私は人づき合いが苦手なほうだし、ヒンメルブラウ氏にはあまり好感が持てませんでした」

「今度は奥さんにお訊きしましょう。出発の理由を話してくれますか？」

「ヒンメルブラウと一緒に暮らすのはもう限界でした。あの人には私生活で度々幻滅させられ、夫婦仲が冷えきっていましたから。気難しいうえに、この頃は口論ばかり仕掛けてきて、もううんざりしていました。最後の言い争いで堪忍袋の緒が切れて、離婚の決意を固め、出発することにしたのです」

「ご主人はあなたがアルデバラン号に来ているのを知っていたのですか？」

「もちろんです」

「ご主人が乗船してきた理由について、心当たりは？」

「やきもちに違いありませんわ」

ビッグスは一瞬、たじろいだように見えた。女性の前ではすぐに緊張してしまうたちなのだ。彼の当惑に気づいたグレイロップが、部下がへまをしないよう気遣って助け舟を出す。

「奥さん、出発のきっかけとなった最後の言い争いについて、差し支えなければ、いきさつを詳しく話していただけませんか?」

「隠すようなことではありません。主人は私とロデリック卿が古いお友達だと知っていました。それで、あらぬ疑念を抱いたのです。最後の言い争いは、やきもちが高じてみっともない有り様でした。さんざんののしった挙げ句、ロデリック卿に危害を加えるとまでほのめかしたのです」

「お話しくださって、ありがとうございました!」。ビッグスは威勢良くそう言うと、本題からこれ以上逸れないよう、想定していた尋問に戻るため、ロデリック卿のほうに向き直って尋ねた。「それで、ヒンメルブラウ氏とカウチ先生がこの船で船長と夫人に合流したわけですね。それは何時頃でしたか?」

「九時五十分です。私たちはすぐに昏睡事件について話し始めました。それから、私が皆さんに飲み物を勧めました。ただ、カウチ先生はまず乗組員を診察しに行きました。グレイロップ署長もそろそろ来る時間だったので、先生は署長と一緒にバーに来るだろうと思いました。それで、私と、夫人と、ヒンメルブラウ氏がバーへ行ったのです」

「バーに入っていった順番は?」

ロデリックは微笑んで言った。「もちろん、夫人、ヒンメルブラウ氏、そして私です。夫人はポートワインをご所望でしたから、ヒンメルブラウ氏と自分のために、カクテルを作り始めました」

「そのときの時刻は?」

「十時です。船鐘が四点鐘を打ちましたから」

「そのとき、カウチ先生はどこに?」

「甲板です。私の頼みで、当直の船員に昏睡事件について尋ねていました」

「乗組員たちはどこに?」

「オガルが操舵室に、水夫のバセットと見習いのウロホは後甲板で士官居住区の入り口を覆う防水布を補修していました。ファン・ハースは機関室の持ち場に。ユダヤ人火夫のモーセ・エイントリーがどこにいたかは、知りません」

「その男を連れてきてください」

　モーセ・エイントリーが現れた。彼は十時には乗組員居住区にいて、自分の持ち物を入れた箱を必死に調べていた。三度も調べ、何も盗まれていないことを確かめたと、実に嬉しそうに話した。下着類も、雑多ながらくたも全部あった。それらは寄港地で気が向くままに買い集めた品々で、純朴な船乗りにとっては紛れもない宝物、思い出に浸らせてくれるようすが、子供じみた楽しみの源なのだ。ビッグスは彼の話を細大漏らさず手帳に書き留め続けた……。

「では船長、さっきの続きを」とビッグスがようやく言った。「あなたがカクテルを作ったのですね」

「そのとき、コックのトビー・グースがストローを補充しに来ました」

「バーに入ってきたのですか?」

「いいえ。ドアの近くにいたヒンメルブラウ氏が、ストローを詰めた筒型の容器を両手で受け取ったように記憶しています」

「グースはその足で甲板の私の所に来ました」と言ったのはカウチだ。

船長が続ける。「それから、私たちはカクテルを飲みました。ヒンメルブラウ氏が私に、バーテンダーとしても腕利きですねとお世辞を言いました。世間話をしているうちに、窓に寄ったヒンメルブラウ氏がモーターボートを指さしました。モーターボートは桟橋のほうからアルデバラン号のほうへ真っ直ぐに進んできます。グレイロップ署長を待っているのだと私が言い、『きっと署長ですな』とヒンメルブラウ氏が言いました。今度は私が窓辺へ行きましたが、何も見えませんでした。モーターボートはもう反対側へ回っていたのです。それで、三人して甲板に上がってみると、カウチ先生が調理室の入り口でグースと話していました。それが十時十分頃だったでしょう。一瞥して、モーターボートの男がグレイロップ署長でないことがわかりました。それでも、私たち三人は船縁に肘をついてモーターボートの操縦ぶりを見物しました。どこかのいかれた若造が船を全速力で飛ばしてきたのです。急カーブを切って得意げに船体を転回させ、遠ざかって行ったため、顔は見えませんでした。あの手の暴走族が湾に白波を立てることが、日曜日の朝には珍しくありません。一分ほど経った頃でしょうか、ヒンメルブラウ氏に話しかけようとして左を向くと、彼はもうそこにいませんでした。夫人に話しかけようとしたところ、私の右にいた彼女も、いなくなっていました。バーへ戻る途中でも、夫人の姿はどこにも見えませんでした。ヒンメルブラウ氏だけが調理室の前でカウチ先生に話しかけていました。トビー・グースは二人の近くにいました。私は意外に思い、夫人はバーに戻ったのかと考えました。私もすぐにバーへ向かい、ヒンメルブラウ氏とカウチ先生、そしてグースも後についてきて、はしごを下りた所で少し話を続けました。もちろん、その間は一分足らずだったはずです。夫人はやはりバーにいました」

「奥さんは何のためにバーへ戻ったのです?」

「置いてきたバッグを取りに」

「カウチ先生は、夫人がバーへ入っていき、船長がその後を追う間、ヒンメルブラウ氏と何を話していたのですか？」

「航海の話です。ヒンメルブラウ氏は口数が少なかったですな。何か気掛かりがあるのか、心ここにあらずといった様子でした。それで、話をやめて、グースと配膳室へ向かったのです」

「バーで、夫人と船長の間には何があったのですか？」

それまで保ってきた冷静さがほんの少し揺らぎ、ロデリック卿は躊躇した。

「友人として、ヒンメルブラウ夫人を引き止めようとしました。でも、夫人はきっぱりと、もはやヒンメルブラウ氏の傍で暮らせないと言いました。それで……そう！　確か、私は彼に関して心ないことを口走ったような気がします。ちょうどそのとき、彼がバーの入り口に姿を見せたのです。私たち二人がそこにいるのを見てうろたえ、不快な表情さえしました」

「船長が夫人に言った言葉が、ヒンメルブラウ氏の耳に入ったと思いますか？」

「彼に聞こえたかどうか私にはわかりませんが、その可能性はあるでしょう」

「私もそう思います」と夫人も言った。「すぐに主人は私を呼んで、脅したかと思えば泣き落としにかかり、挙げ句の果てに、船長をひどい目に遭わせてやるとまで申しましたから。私が去るのは船長のせいだと思い込んでいたのです――そんなのは馬鹿げた妄想よと、すぐに言い返しましたが。でも、口論していたのはほんの二、三分だったと思いますわ」

「船長は、ご夫妻が言い争っている間、何をしていましたか？」

「今度は私がバーを出ました。お二人の激しい口論を聞くのが辛くなり、配膳室へ向かいました。カウチ先生と話でもしようかと、何とはなしに思って。話したいことは格別なかったのですが、軽口でも叩けば気が晴れるかと思いました。でも、先生はそのとき、グースを立ち会わせて、戸棚の中を探し回っていました。それで、結局、話しかけずにその場を離れたのです」

「そのとおりです」とカウチ医師が言った。「ずいぶん探しましたが、睡眠薬の類いはまったく見つかりませんでした。少々気落ちして、配膳室の戸口まで来ると、船長がバーのほうへ戻ろうとしていました」

「ヒンメルブラウ夫妻の口論が収まったようだったので、飲み物がまだ残っていますよと声をかけました」

「口論は本当に収まっていたのですか、奥さん?」

「ええ、警部さん、表面上は。脅しも泣き落としも即座にやめなければ、今すぐダンバートンの桟橋へ戻り、その足で駅へ向かうと言い渡しましたから。それで主人も口をつぐみました。でも、ますます苛立っていたのは確かです」

船長が続けた。「そして、三人ともオーク材のカウンターの前へ行き、それぞれの飲み物を飲みました。ところが、ヒンメルブラウ氏はグラスをわずかに持ち上げたかと思うと手を放し、倒れて絶命したのです」

Ⅸ　第一の仮説

ビッグスは手帳を閉じた。天井を見上げる。

「ありがとうございました、船長。込み入った事件ですが、少なくとも構成要素は単純そのものです。事件についての情報を得られただけでも収穫でした。さて、今度は昏睡事件のほうに関して知りたいことが少々あるので、乗組員から聴取します。署長も来てもらえますか？」

グレイロップ署長がビッグス警部を相棒にしたのは、当然ながら昨日今日のことではない。だから、ビッグスが終わりまで言わないうちに、署長は彼が二人きりで話したがっていることを察していた。

「ここでお待ちください。すぐに終わります」と言い置き、署長も出ていった。

聴取は実際、短かった。すでにわかっていること以外に新たな情報は得られなかったからだ。乗組員は全員、眠っていた。さらに、変わったことは何も確認されていない。使われた睡眠薬は害のないものだったらしい。深い眠りの他には、何の異常も引き起こさなかったようだ。食べ物にも飲み物にも、変わった味を感じた者はいなかった。

「それでも、原因は食べ物か飲み物のはずです――薬がどちらかに入っていたとしか考えられません」とビッグスは署長に言う。

「船長の食事は当然、別に調理されるから、薬は盛られていなかったというわけだね」。グレイロップが指摘する。

一瞬の間があった……。ビッグスはさりげなく太陽を見た。この季節にしては陽光が弱いが、太陽の高さから大体の時間がわかる。年老いた母親がダンバートンの町外れで眺めているのは、ずいぶん前から用意が整った食卓だろうか、それとも柱時計だろうか？　もう二時を回っているはずだ、とビッグスは思う。

「私に話があるんじゃないのか、ビッグス？　何か考えていることでも？」

ビッグスは確かに太陽に目をやってはいたものの、本当に太陽を見ていたわけではなかった。

「十時十分には、ヒンメルブラウのグラスに毒は入っていませんでした。飲んでも何の害もなかったのですからね。十時二十分、二口目を飲んですぐ、彼は死にました。したがって、毒が入れられたのは十時十分から十時二十分までの間。自殺という線は論外です。そんなふうにこじつけて事件を片付けてはいけない。さて！　毒を入れるチャンスは三度ありました。たった三度。士官居住区にいた三人が甲板に上がっていったときに戻りましょう」ビッグスは何歩か歩き、独り言のように続ける。

「もし誰かが士官居住区に隠れていたとすれば、その人物は毒を入れることができた。一度目のチャンス。しばらくして、ヒンメルブラウ夫人が一人でバーに戻ってきた。彼女は毒を入れることができた。二度目のチャンス。ほどなく船長もバーに戻り、ほんの少しの間、夫人と二人きりだった。そして夫人が夫に呼ばれた。船長は毒を入れることができた。三度目のチャンス……。

おさらいしましょう。一度目のチャンスなら、士官居住区に身を隠していた人物だ。しかし、そこには誰も隠れていなかったことがわかっています。したがって、可能性があるのは二度目と三度目。今のところ、どちらかを選ぶ決め手はありません」

「その他には可能性がないのか？」グレイロップ署長が尋ねる。

その口調から、ビッグスにはぴんときた。長年ロデリック卿と親交を結んできた署長は、ビッグスの推理から引き出される結論におののき、事件の関係者があまりに限られていることに困惑しているのだ。

ビッグスは考え込み、署長の思いを汲んで言った。

「そうだ！　別の人物という可能性もあります。ヒンメルブラウ夫人と船長に嫌疑をかける仮説から離れれば、別の推理も成り立つ。ヒンメルブラウが船長のグラスに毒を入れ、すぐに三人がバーを出たとしましょう。その後、船長か夫人がグラスをすり替えたかもしれません」

「ただ、その推理にはあまり信憑性がなさそうだ——君もそう思っているだろう」。その言葉に、非難ではなく感謝に近いものが込められているのをビッグスは感じた。「ヒンメルブラウ夫人も船長も、グラスをすり替えたとは言わなかった。そう言えばヒンメルブラウに罪を着せて、夫人も船長も無実ということになるのに」

「この仮説は却下！」ビッグスが言う。

そして、警部は黙り込んだ。

その沈黙にどれほどの皮肉が込められていたことか！　ロデリック卿は毒を入れることができた。ヒンメルブラウ夫人も毒を入れることができた。毒を入れることができたのは、その二人だけだ。

どす黒い疑念がグレイロップの心に影を落とす。友情のために目が曇っていないビッグスの頭の中では、それが確信になっているに違いない。

下の食堂では誰も口を開かず、カウチ医師の思考はビッグス、グレイロップと同じ道筋をたどっていた。冷徹な「論理」の声に、どんな反論ができるだろう？　二人の人間――一人の男と一人の女が、その部屋に二人だけでいた。三人目が加わる。二人が嫌っている男だ。皆で飲み、三人目が死んだ……。二人は品格のある真っ当な人間に見える。いや、真っ当に見えた、今の今まで。だが、犯罪者のなかには、品格があって真っ当に見えそうな人間も少なくない――犯人自身ですらときに予期せぬまま犯行に及んでしまう、その瞬間までは。そうだとすれば、品格があって真っ当だからといって信じるのは馬鹿げている。ちょっと待て！　彼がやったというのか？　それとも、彼女が殺したとでも？

船長が不意に立ち上がる。署長と警部が食堂へ入ってきたからだ。

ロデリック卿が問いかけるような眼差しを向ける。グレイロップ署長は憂鬱そうに首を横に振った。

「わかっていますよ、署長」と船長が言う。「ビッグス警部は何も発見しなかった。誰も、何も発見できない。それでも、ヒンメルブラウ夫人が殺人を計画したと疑うなんて、ひど過ぎる。それに、私も潔白だ」

ビッグスは相変わらず無表情だ。

グレイロップが口を開く。「私の見るところ、まだ欠けている要素があります。それがなければ、この事件を論理的に考えることはできません。しかし、ビッグスがそれを手に入れるでしょう。彼ならやってくれます。だから、ロデリック船長、論理的に考えることさえできれば、君も、ヒンメルブラウ夫人も、疑いが晴れると私は信じる」

ビッグスはその言葉をただ聞き流している。

頭の中はバーのことでいっぱいなのだ。何も見つからなかったバー、オーク材のカウンター、三個のグラス、十時十分から十時二十分までの間に入れられた毒について、ひたすら思いを巡らせていた。

X　モーターボートの男

そのとき、湾内にエンジン音が轟いた。大型モーターボートがこちらへやって来る。同時に、アルデバラン号の甲板にも慌ただしく駆ける足音と叫び声が響いた。

ビッグスのすぐ後に署長が続き、食堂にいた全員が、前になり後ろになりながら甲板へ上がる。そのとき、見知らぬ男が舷側の上を跳ぶのが見えた。男はバセットとファン・ハースに追われ、脚を骨折する危険を冒してブリッジから甲板へ跳び下りたのだ。進路を阻もうとする見習い水夫ウロホを倒し、男は船首甲板を二跳びで越えて海へ飛び込んだ。急に減速したモーターボートがすぐ傍まで来ていて、男は船上の仲間に助けられてボートに這い上がった……。あっという間の出来事だった。ボートはたちまち騒々しい音を立てて動き出す。追跡しようとしても無駄だ。そう気づいたビッグスは、発砲した。

弾丸はボートからわずかにそれ、水面をかすする。ボートは弾を避けるためにアルデバラン号の反対側へ回り、全速力で沖へ向かう。

この種の不意打ちに不慣れなカウチは、男の姿を見て叫び声を上げた。グレイロップがそれを見て笑みを漏らす。

「署長は落ち着いたもんだな。こんな冒険には慣れっこで、珍しくもないのだろう」とカウチ医師が言う。「こっちは勇者にはほど遠く、次々と起こる事件に気が動転するばかり。あの男はいったい何者だい？　あいつが殺人犯なのか？」

答えは返ってこない。

船長が我に返って声を上げる。「あ、あのボートだ。今朝十時頃にヒンメルブラウ氏が見つけたのと同じボートです」

グレイロップ署長がビッグスのほうを向き、腹立たしげに言う。

「士官居住区だけに気を取られたのは迂闊だった。痛い失敗だ。悔しいが、またしても、初動から早合点して最初の推理に固執し、大事な点を見逃してしまった。はしご、はしご！　居住区へ下りるはしごしか目に入っていなかった！　犯人の逃げ道ははしごだけじゃなかった。やられたな……」

「署長、落ち着いてください」ビッグスが言う。「あの男が潜んでいたことに意味があるかは、何とも言えません。確かに、捕まえていれば……。しかし、見つけるのはそう難しくないでしょう。陸へ戻って、すぐに手配します」

「新たな指示があるまで、この件はくれぐれも内密に」とグレイロップが言う。「奥さん、当然ながら、大陸への出発は延期してください」

ヒンメルブラウ夫人は同意した。

「ご主人と住んでいた家に留まるつもりですか？」

「そうする勇気はありません。ダンバートンのグランド・ホテルに小さな部屋をとりますわ。あのホテルのオーナーとは知り合いですから」

「それがいい。ロデリック船長、君も新たな指示があるまで、ダンバートンを離れないように」

「このまま船にいるよ」

「グレイロップ署長、私はもちろん全面的に協力する」とカウチ医師が言う。

「ありがとう、よろしく頼む」と言い、グレイロップはビッグスに指示する。

「それじゃあ、ビッグス、私はもう少しここに残る。巡査を二人寄越してくれないか。それと入れ替わりに署に戻って君と合流するよ」

ビッグスが移動式はしごの手すりに手をかけたまま言う。

「ロデリック船長、あなたはこの船上でただ一人、睡眠薬を盛られなかったそうですね？」

「そのとおりです」

「昨夜はよく眠れましたか？　水夫のオガルが言うには、彼が船長室まで来てドアをノックしたとき、あなたは立っていて、きちんと服を着て、髭も剃っておられた。だから、起きたばかりのようには見えなかったとか」

「ええ、実は一睡もしませんでした。伯父の趣味は蝶でしたが、私は地図が好きでね。海図を研究していました」

「それで、夜の間に怪しい音や足音を耳にしませんでしたか？」

「いいえ。まったく聞こえませんでした」

「私が思うに」とカウチが口を挟む。「昏睡事件の原因は、グース爺さんの不注意かもしれません。あのひねくれ者は戸棚に薬品をどっさり保管しています。ナイト卿がこの船の船長だった頃のものと思われる、変質した古い薬です。グースは見るからに耄碌《もうろく》しかけていますな。同じことを何度も言う。おおかた、うっかりスープに薬を入れてしまい、それに気づいていないのかもしれません」

はしごを下りながら、ビッグスがまた何食わぬ顔で問う。「ロデリック卿、昨夜はもちろん船から下りていませんね?」

虚をつかれて、船長は答えに詰まった。船長の視線が、ビッグスのさりげない視線と交わる。

船長がようやく答える。「どうして下りたと思うのです?」

「まあ、男が真夜中過ぎに街を歩く理由はいくらでもあるでしょう。昨夜、上陸した動機をお尋ねしたわけではなく、ただ、ずっと船にいたかお訊きしただけです」

「訊かれたくない質問でも、遠回しに答えたりはしませんよ。昨夜、十二時から二時までの間、私はアルデバラン号にいませんでした。ダンバートンに出かけていました」

「あなたが昨夜ダンバートンにいらしたことは知っていました。だからといって、私がスパイをしているなどと思わないでください。まったく偶然に、たまたまあなたがクイーンズ・ロードを渡っているのをお見かけしたのです。ただ、今は職務上、昨夜どこへ行ったのか、お訊きする必要があります」

「申し訳ないが、答えられません」

「それは残念至極です、船長」

ビッグス警部の声は穏やかさをまったく欠いていなかったものの、ヒンメルブラウ夫人は、見せかけの慇懃さに隠された威嚇を感じ、背筋が寒くなった。ロデリック卿は探るような目でビッグスを見てから、言った。

「無理です!　絶対に言えません」

「それでは、この話はもうやめましょう」

ビッグスはボートに飛び乗る。

「まあまあ、ロデリック」グレイロップが割って入る。「ビッグスと私は捜査に全力を注いでいる。ただ、言えるのは、少なくとも状況が緊迫しているということだ。われわれの仕事に協力してくれるよう、私からも頼むよ。この込み入った事件に不明瞭な要素を加えないでほしい」

「署長の尽力には感謝しています。ビッグス警部にも。現状では、無実であるにもかかわらず、私が絞首台に送られかねない、それはよく理解している。それでも、どうかこれ以上は訊かないでください」

ヒンメルブラウ夫人と、カウチ医師と、ビッグス警部を乗せたボートが発進する。

ビッグスは沖のほうへ目を向けて考え込んでいる。見ているのはアルデバラン号か、水平線上であの怪しいモーターボートが消えたあたりか。それは誰にもわからない。

第二部　トランキル氏

I　奇妙な指し手

警察署長はその晩、いつものクラブへ行かなかった。心ここにあらずでかき込んだ夕食の中身が何だったか、直後に尋ねられても、きっと答えられなかっただろう。食べ終えると、分厚いホームスパンのマントを引っ掛けたが、それは冷えてきたからというより、単なる習慣からだった。飼い犬のケアーン・テリア、ジミー・マク・ナブに口笛で合図をし、散歩に出た。考えにふけりながら足が向く先は、たいがい決まっている。顔を上げたグレイロップは、クライド湾の穏やかな波が目の前にあるのに気づいても、驚かない。どうしても頭を離れない心配事があると、必ずここに来てしまう。解けない謎に苛立ち、引き寄せられるように港に来たことが、これまでに何度あったことか。時刻は七時。薄暗くなってきたものの、アルデバラン号に目をやると、桶で洗濯をする水夫の動きがはっきり見分けられた。しばらくして、年老いたトビー・グースが後甲板を横切り、不意に、まるで舞台の奈落に飲み込まれるように姿を消すのも見えた。

ロデリック船長は今頃、灯をつけた食堂で独り、夕食をとっているのだろう。丸く暗い舷窓のある場所が、薄暗いバーなのだ。あのバーの閉じたドアの向こうに、何一つ解明されていない秘密が隠されている。

グレイロップは愛犬の体を背骨に沿って撫でた。このスコットランド原産のテリアは小形で大人しく、毛は硬く、脚が短くて頭が大きい。短く硬い尾を振り振り、犬が主人のほうを見る。

「そうなんだ、ジミー・マク・ナブ！　わがよき友よ、この事件はひどく込み入っている」

大人しいテリアは相づちを打つように一声吠えると、また深い物思いに沈む。

そのとき、見覚えのある人影が近づいて来た。カウチだ。二人は何も言わずに握手する。ビールが美味いことで知られる波止場のパブ〈メリー・ハイランダー〉はすぐそこだ。窓にともる灯が誘いかけてくる――スタウトのジョッキを前に、温かい雰囲気と和やかな会話の中で一休みしてはいかが、と。

「あそこで一杯やらないか、グレイロップ？　たまにはいいだろう。今夜は気分転換が必要だ」

「そうだな。行くとするか！」

二人がこれほど心配事を抱えていなければ、〈メリー・ハイランダー〉の戸口に、明らかに彼らの様子をうかがっている小男がいるのに気づいただろう。二人が近づいてくるのを見て、小男はパブの扉を押し、中へ入った。

〈メリー・ハイランダー〉に初めて入ってきた客は皆、まず店の名そのものの陽気なスコットランド高地人《メリー・ハイランダー》の肖像画を見て驚く。バーカウンターの上に掲げられた等身大のその絵は、地元の画家が描いたものだ。酒好きらしい赤ら顔の美丈夫が、泡立ったビールの大ジョッキを手に笑っている。テーブルにはバグパイプが置かれ、その脇にパイプと煙草葉の袋がある。そう！　メリー・ハイランダーはすこぶる上機嫌で、ふさぎの虫など寄せつけないのだ。にもかかわらず、カウチとグレイロップは店に入る際、この愉快な男の絵にほとんど目もくれなかった。

「これはこれは、先生！　こんな場末の店でお会いするとは、驚き桃の木山椒の木。先生はクラブの会員でしょうに！」

そう言ったのはカウチの患者だ。

「いやいや！　いささか喉が乾いたし、寒くてね！　何より退屈しのぎだよ……」

（災難続きの船からたったの百メートルしか離れていないぞ）。グレイロップはそう思ったものの、口に出しては言わなかった。

チェスを一局と提案したカウチに、ボーイが身振りで無理だと伝える。最後のチェス盤がたった今、客に貸し出されたという。グレイロップとカウチは知る由もなかったが、連れのいないその客は、先ほど戸口で二人の様子をうかがっていた小男だ。男は二人の隣のテーブルで駒を所定の位置に並べている。両軍の配置が終わると、咳払いを一つし、ラム酒を一口飲んで、両手をこすり合わせ、対戦相手を待ちもせずにポーンを前に進めてゲームを開始した。そして、敵陣の兵を注意深くつかみ、自陣に向けて前進させた。

「妙な指し方だな」とグレイロップは小声で言う。「一人二役のつもりか？」

彼の読みは当たっていた。男はぶつぶつとつぶやきながら、自陣の駒と、想像上の対戦相手の駒を交互に動かしていく。

「あの男を知っているかい？」グレイロップがカウチに尋ねる。

「見かけない男だ。おそらく外国人だろう。フランス人か。なまりがあるうえに、あの上着の形と平べったい帽子から、そんな気がする」

カウチが小声でそう見当をつけていると、男はポワトゥー（かつてフランス西部にあった州）に伝わる古い歌を口ずさみ始めた。

——昔々パルトゥネに
　それはきれいな娘がいたとさ……

男の髪の毛は茶色、背は低く、痩せぎすで首がひょろりと長く、なで肩だ。四十歳くらいだろうか。先が垂れた長い鼻、濃い口髭はカンマを二つ突き合わせたような形にきっちり整えられている。目の下はたるみ、顎はほとんどなく、口の形は不格好だ。窮屈そうなスーツを着込んだその姿は、ひどく目立つ。ただ、考えに耽っているときには、ふくよかで肉感的なまぶたから覗く目の輝きが知性と気品を放ち、滑稽な顔を一変させる。目の下のたるみは見えなくなり、小さな顎が引き立って、まるで魔法のように、両頰に挟まれた谷間を這う鼻さえ高く見えるのだった。

外国人は奇妙な対局を続ける。それは正確にはチェスの対局とは呼べなかった。どうやら、これまで投了に追い込まれたさまざまな局面を再検討しているらしい。何のためらいもなく駒の配置を崩しては、新しく置き直すことを繰り返しているからだ。

「あの男はどうかしとる！」カウチが不満をぶちまける。「あの変人の酔狂のせいでわれわれは手に汗握る対局の楽しみを奪われ、あいつがチェス盤の上で駒をかき混ぜて喜んでいる間、じっと手をこまぬいて待つしかない。そう思うと、腹が立たないかね？」

見知らぬ小男は時おり鼻を掻き、口髭をひねり、ラム酒のグラスを口に運ぶ。やがて、ぶつぶつとつぶやき始めた。ちょうど一人きりの散歩の途中で立ち止まり、身振り手振りをしながら独り言を言うような調子だ。

男がいきなり盤上を手で一気に払い、駒は倒れて重なり合った。

その音のせいで勇猛な狩りの夢を無残に断ち切られたジミー・マク・ナブが、騒音の源である見知らぬ男に近づき、脚を嗅ぎ回って不満げに唸る。

「ジミー、こっちへ戻っておいで！　ジミー・マク・ナブ！」

犬が唸るのをやめないので、グレイロップが立ち上がって詫びる。

「うちの犬が、すみません」

「どうぞお気になさらず。ジミー・マク・ナブ！　犬にしては立派な名前ですね！」

男は警戒しながらも手を差し出してテリアの頭を撫でようとし、猫なで声で言う。立ち上がると、チェス盤をカウチに差し出した。カウチはやにわにそれを摑み、駒を並べ始める。

「トランキルと申します」男はそう自己紹介し、深々と頭を下げて時代がかったお辞儀をした。

「私はグレイロップです。ダンバートンの警察署長をしております。こちらは医師のカウチ先生」

カウチ医師はおざなりな挨拶を返すと、さっそく駒を一つ動かして指し始めた。

「さあ、始めるぞ、グレイロップ」と張り切って呼びかける。

「トランキルさんは、フランスの方ですか？」と問いかけながら、グレイロップも自分のポーンを進めた。「こちらへ来てからもう長いのですか？」

「今週の初めに来たばかりですよ」

小柄な男はブリキの小箱からニナス（フランス製の小形葉巻〔シガリロ〕の銘柄）を一本取り出し、注意深く火をつけた。小箱は、咳止めトローチの缶を再利用したものだ。

「二カ月の休暇を取りましてね。実は私、ドルドーニュ県（フランス南西部の県）のペリグー（同県の県庁所在地）図書館で古文書管理人をしております。長年、スコットランドを訪ねてみたいと夢見ておりました。かような大旅行は、私のごとき出不精にはなかなか勇気の要ることでしたが、一大決心をして参った次第です。思い立った二日後には、グラスゴーへ到着しておりました。いやあ、素晴らしい国です。ときに野性的な、ときにロマンチックな詩情に溢れ、暗いというわけではないが、どこか浮世離れした愁いに満ちている。明日はハイランドへ向けて発つつもりです」

話しながら続けられるチェスの対局に、トランキル氏は興味津々だ。彼もかなりのチェス好きと見える。グレイロップが二度続けて迂闊にポーンを進める。

「もっと慎重に！」とカウチが声を上げる。「そうしないと、こてんぱんにやっつけるぞ！　ここでビショップを動かすなんて、いったい何を考えとるんだ？」

「ビショップですと？」トランキル氏はすでに会計を終えて立ち上がり、着古した薄手のラチネ（節のある糸で織った紡毛織物）のコートを羽織って小さな平たい帽子をかぶり直しながら、対局中の二人を見る。

カウチが顔を上げた。

「そうですとも！　やはり、ビショップを動かすべきじゃなかった！　あなたもチェスをご存じなら、わかるでしょう」

カウチの口調はぞんざいで、明らかに、このフランス人のチェスの腕をあまり買っていないようだった。けれども、トランキル氏は礼節をわきまえ、反駁もせずに話を合わせる。

「ごもっともです、先生。このビショップは動かさないほうが得策でした」

そう言うと、小柄なトランキル氏は二人に挨拶をし、くるりと背を向けて、〈メリー・ハイランダー〉の戸口へ急ぎ、姿を消した……。

「あの人はビショップのことで何を言いたかったのかな?」とグレイロップがつぶやく。

「あの人? ペリグーの古文書管理人だか休暇中だか知らないが、トランキルなんてくそくらえ。まったく、フランス人ときたら! さあ、そっちの番だ、グレイロップ! 居眠りしている場合じゃないぞ」

グレイロップが今一度戸口を見て、それから窓の外を目で探すと、人気のない波止場を飛び跳ねるようにして遠ざかる小さな人影が見えた。薄っぺらなコートをまとい、流行遅れの平たい帽子をかぶっている。グレイロップはようやく二本の指をゆっくりとビショップにかけ、進ませる。そして、相手の顔を見てにっこり笑う。

「さあ、君の番だ、カウチ!」

しばらく成り行きが定まらないまま対局を続けていると、使い走りの少年がパブに入って来た。あばたらけの顔で店内を見回し、警察署長のほうへ真っ直ぐに歩いてくる。署長の顔をよく知っているらしい。

「グレイロップ署長、伝言です」少年は四つ折りにした紙片を差し出す。

グレイロップは思いがけぬ伝言に急いで目を通すと、背筋をしゃんと伸ばした。

「これを君に渡したのは、誰だい?」

「男の人。クイーンズ・ロードで『グレイロップ署長を知っているか?』と話しかけてきた。『うん、知ってる』と答えると、『波止場の〈メリー・ハイランダー〉へ、今すぐ行ってくれ』って頼まれた。『そこに署長がいるから、この紙を渡してくれ。急ぐんだ。紙を絶対になくしちゃいかんぞ!』と言って、それから『ビッグスからだ』って。話しながら十ペンスくれました」

「いや！」グレイロップは思わず大きな声を出し、好奇心丸出しで身を乗り出すカウチに言った。「このメモはビッグスからじゃない。筆跡も、文面も、彼のものじゃない。それに、ビッグスは私がここにいることを知らん。そもそも、署にはいくらでも警察官がいるんだから、こんな大事なメモを行きずりの小僧に渡そうと考えるはずがない。そのうえ、彼がどこでこの情報を仕入れたというんだ？　お前の言う『男の人』は、どんな人だった？」

「あまりよく見えなかったな。霧が深くて。背は高くも低くもなかった。コートを着ていて……」

「髭はあったか？」

「髭？　ああ、たぶん。いや、どうかな。コートの襟を立てていたから」

「言葉におかしななまりはなかったか？　たとえば、外国人みたいな……」

「気がつかなかったな。かすれた声で、ちょっと咳をしていたけど。なまりはなかったような気がします。なぜですか、署長さん？　なまりがある人を捜しているとか？」

「お前には関係ないことだ。今日のところは、もう帰っていい。何も見ていないなら、仕方がないからな。ここでわれわれを見物するよりも、その十ペンスで買い物ができる店をクイーンズ・ロードで探すこった」

　少年は邪魔者扱いされてがっかりしながらパブの戸口まで戻り、ハンチング帽をかぶり直す。そして、不意に甲高い声を出した。

「いや、違ってた、署長さん。その人、髭はありませんでした。たった今、思い出しました。顎の先が襟元で動くのが見えたのを……」

　グレイロップは無言でカウチにメモを差し出した。メモにはこう書いてある。

グレイロップ警察署長殿。アルデバラン号のロデリック船長に尋ねられよ。「十時十五分頃、バーへ戻った船長が、一人でいたヒンメルブラウ夫人に『飲まなかっただろうね、ロール？』と言ったのはなぜか？」

グレイロップもカウチも、もうチェスの対局どころではなくなった。

Ⅱ　思いがけない再会

翌朝、署長はダンバートンのグランド・ホテルにヒンメルブラウ夫人を訪ねた。早朝の訪問だったにもかかわらず、夫人はかなり前から起きていたらしい。あらかた燃え尽きた暖炉の大きな薪がそれを物語っている。気の毒な夫人は、人の好い警察署長がふさぎ込んでいるのに気づいた。肘掛け椅子を暖炉の前に押しやり、自分が座っていた椅子に近づける。彼女もそこで早朝から、専門家をも悩ませている謎についてあれこれ考えを巡らしていたのだろう。

「グレイロップ署長、何かわかりましたの？　良い知らせがありまして？」

「わかったことは、あります。良い知らせとは言い切れませんが」

署長は夫人にメモを差し出した。見慣れぬ筆跡で奇妙な告発が書きつけてある、あの紙片だ。

「いかがです？」夫人が読み終えると、グレイロップが尋ねる。「ロデリック卿はあなたに、本当にそう言ったのですか？　昨日の聴取の際は、船長もあなたもそんなことは一言もおっしゃらなかった。あらかじめ申し上げておきますが、不正確な情報はたいへん深刻な事態を招きかねません」

「このメモに書いてあるとおりですわ、署長さん。あのとき、ロデリック卿は私に、飲んだかどうか尋ねました。私は、触ってもいないと答えました。最初はとても心配そうだった船長が、ほっとした顔をしたので、驚きました」

「なぜ聴取のときに何もおっしゃらなかったのです?」

「署長さんのご友人でもあるロデリック卿が内密にしたがっているようなのに、私がわざわざ明かす必要がありますか? 何でもないあの言葉が、成り行きによってとてつもなく重大な意味を持つとでも? 今日署長さんの質問にお答えしたのは、ロデリック卿もきっと私と同じように、ありのままをお話しになると信じているからですわ。どうかお察しください。アルデバラン号を訪ねたせいで起きた忌まわしい事件に私がどれほど苦しんでいるか。あの『飲まなかっただろうね?』という言葉について、いったい何度考えたか。だって、ロデリック卿は無実なんですもの。私はそう信じています。それなのに、すべてがあの方にとって不利なのです。このメモを書いたのは誰ですの?」

「わかりません。厳密に言えば、ロデリック卿の言葉を耳にした可能性がある人物は四人います。まず、あなた。あなたに向けられた言葉ですからね。それから、カウチ先生とヒンメルブラウ氏。二人はバーの入り口近くにいました。そして、可能性は低いですが、配膳室にいたグース爺さんです。ヒンメルブラウ氏は亡くなりました。カウチに尋ねたところ、何も聞かなかったそうです。そもそも、クイーンズ・ロードで何者かが少年にこの伝言を託したとき、カウチは私と一緒にいたのです。残るのはグースとあなただ。そして、あなたではない。おそらくグースでもないでしょう。では、誰が?」

ヒンメルブラウ夫人の表情がさらに憂わしげになる。グレイロップは彼女を慰めようとして言った。

「この新情報が重大なのは事実ですが、あなたと同様、私もロデリックの完全な潔白を信じています。それを証明してみせますよ」

「そううかがうと、少し気持ちが楽になります。もう少し安心させてくださいな。アルデバラン号から慌てて逃げていった人が犯人なのでは？」

「そうであってほしいと私も切に願っていますが、あの人物の仕業だと疑う理由が何も見つかっておりません。他の目的のために隠れていただけかもしれないのです。盗みをはたらこうとして乗組員の食事に睡眠薬を入れたのかもしれませんし」

「犯人がこのメモを書いたとお思いですか？」

「そうではないような気がします。メモが私の手元に届いた状況から、他の人物ではないかと思われるのです。われわれがまだ思い至らない、込み入った事情があるのかもしれません」

話しているうちに、署長は頭がぼうっとしてきた。自分の口から出る言葉が、ヒンメルブラウ夫人に向けられているというよりも、単に脳の懸命な働きを言葉にしているだけのように感じられたのだ。

署長の思考は、チャイムの音で中断された。

戸口に現れた小男を見て、グレイロップは仰天した。訪問者は彼には構わず、ヒンメルブラウ夫人の前で儀式張ったお辞儀をし、度重なる訪問の非礼を詫びる。それから何の気なしに後ろを向き、ベッドの上に帽子を置こうとすると、夫人がさっとその手から帽子を取り、帽子掛けに掛けた。

「ベッドの上はいけませんわ！」そう言って夫人は微笑んだ。「縁起が悪いと言いますもの。ごめんなさい。私、ひどく迷信深いのです。馬鹿げていますね。自分でもわかっています。でも、どうしようもなくて」

訪問者は警察署長に向かって恭しく手を差し出す。

「おはようございます、グレイロップ署長！」

グレイロップはかすかに怯んだ様子で、差し出された手を握った。

「おはようございます、ええと……」

「……トランキルです！　いやはや、グレイロップ署長殿、またもや偶然が味方して、われわれを引き合わせてくれました。ダンバートンに参って日も浅く、今日でようやく四日にしかならないというのに、二十四時間に満たない間に二度も署長殿と言葉を交わす機会に恵まれるとは。まったく光栄の至りであります」トランキル氏が今度はヒンメルブラウ夫人のほうを向いて言う。「奥様がダンバートンにお住まいであることは存じておりました。同じフランス人としまして、奥様が同胞を冷たくあしらうことなどあり得ないと愚考しまして、出発前にご挨拶をと思い、うかがった次第でございます。いいえ、儀礼上の訪問に留まらないことは白状いたしましょう。実のところ、小生は休暇中の古文書管理人、言い換えれば放浪中の本の虫でありますが、たまには古い版画や埃っぽい古書以外にも歴史の痕跡を愛でたいものだと思ったのであります」

ヒンメルブラウ夫人は微笑んだ。グレイロップは硬い表情を崩さない。

「明日、ハイランド地方へ参ります。この国のしきたりにはまったく無知で、英語もままならぬ身でありますから、奥様にお知り合いのフランス人をご紹介いただけまいかと考えました。ハイランドを旅行中に観光すべき名所について助言してくださる親切な同胞をお教えいただけませんでしょうか」

トランキル氏は気取りと率直さを面白おかしく交え、とうとうと述べ立てた。

「ええ、トランキルさん、いくらか心当たりがございます。お運びくださり、お礼を申し上げますわ。外国で同胞同士が相見えるのは嬉しいものです」

トランキル氏は紳士らしく丁寧にお辞儀をした。

グレイロップはパチパチと音を立てる薪の火をじっと見つめる。知識欲旺盛な古文書管理人に、ますます興味が湧いてきた。

　二日間で二度も鉢合わせするとは！　しかも、二度目は実に思いがけない場所で。果たして偶然だろうか？　グレイロップは一瞬、メモを寄越したクイーンズ・ロードの「男の人」は、髭がなく小柄で、着古したコートを引っ掛けて飛び跳ねるように歩く紳士ではないかと思った。あのフランス人の他に、グレイロップが珍しく〈メリー・ハイランダー〉にいると知っている者がいただろうか？　とは言え、トランキル氏とアルデバラン号事件の間にどんな関係があるというのだ？

「トランキルさんはご出身もペリグーですの？」夫人はフランスについておしゃべりできるのが嬉しいようだ。

「いいえ、違います。出身はドルドーニュ県タラフェです。あのあたりはご存じで？」

「いいえ。私が知っているのはフランスの北のほうです。生まれはトゥーレーヌ地方（フランス中部）のアンボワーズですけれど、育ったのはソンム県（フランス北部の県）のメニル＝サン＝ニケーズです」

「アンボワーズは少し知っていますよ。あそこで、朝食にひどくまずいコーヒーを飲まされたことがありました。しかし、あのロワール川の優美なこと！　美しくゆったりとして、あたかも王侯の寵姫のようです。気まぐれに機嫌を損ねるところも、寵姫にふさわしい（ロワール川流域は古城群で名高いが、しばしば大規模な洪水が起きる）」

「事情さえ許せば、私も近いうちにその優美な川がまた見られるはずですわ。そして、二度とその傍を離れたくありません」

　グレイロップが立ち上がる。

「私はこれで失礼します。祖国の話は、外国で出会った同胞にとってこのうえなく楽しい話題でしょうから」

そう言って署長が早くもドアを開けたとき、トランキル氏が呼び止めた。

「署長さん、一つうかがってもよろしいでしょうか。あの三本木だか四本木だかという通りで起きた犯罪についてはどうお思いですか?」

「スリー・ツリーズ・ストリートのことでしょうか?」

「まさしくそのとおり! 私の理解する限り、なかなか興味深い場所で、足を運んでみたくもありますが、評判のよくない界隈なので、一人でうろうろするのはいかがなものかと。まったく、ダンバートンもパリ同様、安全とは言えないようですね」

「ああ! あの事件はもう昔のことですよ! もう解決されました」とグレイロップが言う。

「もう解決したのですか? 今朝、人が殺されたのに? ずいぶん手早いですな!」

「今朝ですと! こいつは参りました、トランキルさん。笑われても仕方ないが、その件については知りませんでした。あなたはこちらに来てまだ四日だというのに、町のすべてを把握するのが職務の私に知らせてくださるとは。スリー・ツリーズ・ストリートにはこれまでも度々手を焼いてきました。頭痛の種は尽きません」

「被害者はグレゴリーとかいう古物商のようです」

グレイロップはしばし黙り込んでから言った。

「トランキルさん、よろしければ、一つお尋ねしたい。何でもご存じのようですから、ロデリック卿ともお知り合いで?」

「アルデバラン号の船長ですね。あの船は見たことがあります。しかし、船長は存じ上げません。ええ、残念ながらお目にかかったことはありません」

グレイロップはかすかに微笑んだ。あることを思いついたのだ。

「そうですか！　ところで、スリー・ツリーズ・ストリートの件に戻りますが、興味がおありのようですから、私と現場に行きませんか？　よろしければ、後で署に来てください。ご一緒しましょう」

グレイロップは、この謎めいた事情通のフランス人について知るまたとない機会だと考えたのだ。だが、トランキル氏はこの申し出を断るのでは？……否。フランス人の顔が輝く。

「まさか、こちらからお願いするわけにはいかないと思っておりました。お申し出に感謝いたします」

もしもグレイロップ署長が好奇心を抑えきれず、ドアを閉めたあとで鍵穴から室内を覗いていれば――実際には、警察官とは言え、グレイロップはそんな振る舞いをする男ではなかったが――、心配そうな顔を向けるヒンメルブラウ大人にトランキル氏が微笑み、両手を大きく広げて差し出す様子が見えただろう。

Ⅲ　新たな仮説

　ビッグスがいそうな場所を三、四カ所も探した挙げ句、グレイロップは、この鉄砲玉のような警部をつかまえるには署長室でじっと待つのが一番だと悟った。その見当は外れていなかった。ただ、署長室で彼を待っていたのは、ビッグスのほうだった。熱血警部の機嫌は最悪で、さながら悪童の悪戯で尻尾に鍋をくくりつけられた番犬だ。警部は挨拶抜きでまくし立てる。

「悪い知らせです、署長！　スリー・ツリーズ・ストリートから今戻りました。今朝、男が殺されました」

　緑色がかったマントの襟から覗く警部の真っ赤な顔は、巨大な完熟トマトを連想させる。

「うむ。グレゴリーとかいう古物商だね？」

「そうです！　グレゴリー。ところで、このグレゴリーが何者か、ご存じですか？」

「どうせろくでもない輩だろう。スリー・ツリーズ・ストリートに出入りする連中と同じ……」

「まずはそんなところです。それに、もう一つ。あのアルデバラン号に潜んでいた男、昨日われわれの隙をついてまんまとモーターボートで逃げた男に他なりません」

　グレイロップは眉をひそめた。ビッグスが続ける。

「発見したとき、横たわった遺体の周りには、古い家具や雑多な道具類がひっくり返って散乱していました。頭蓋骨はメイス（先端に突起などの打撃部のある棍棒）で一撃され、見事に陥没。凶器のメイスは血まみれで死体の傍に転がっていました。今鑑識に回しています。指紋から何がわかるか、早く知りたいところです。第一発見者はパトロール中のバトラー巡査とピューピル巡査」

「巡査と言えば、アルデバラン号を張っているのは誰だ？」

「ダドリーとオハラです。〈メリー・ハイランダー〉にトンプソンを配置し、船と湾を見張らせています」

「検視官は？」

「もう来ました。すっかり調べましたが、解剖の結果、やはり青酸カリがヒンメルブラウのグラスに入っていたことが確認されただけです。急いで調べさせました」

「わかった。君の見立ては？」

「犯行は六時頃。念のため法医学者を連れてスリー・ツリーズ・ストリートへ行きました。即死で、死亡時刻は六時前後とのことです。その点は間違いありません。現場にピューピル巡査を張りつけて野次馬を追い払うよう指示し、急いで戻ってきました。明らかに、この事件とアルデバラン号の事件には関連があります。犯行の目的は盗みではありません。被害者が身に着けていた紙幣八十ポンドがそのまま発見されましたから。当然ながら目撃者はいません。仮に一部始終を見たやつがいれば、あのスリー・ツリーズ・ストリートのいかがわしい連中が黙っているはずがない。そもそも、事件に気づいた人間はいないはずです。あの通りは、昼前にならないと動き出しません。盗品を抱えた連中や、泥棒や、夜の商売をしているやつらは皆、優雅に朝寝を決め込んでいますから」

「なるほど。さて、別件に移ろう。どうも誰かが私をかつごうとしているような気がするんだ。君は最近、トランキルという男と会ったかね？　自称古文書管理人で、フランス人旅行者。会っていない？　そうか……。これを読んで、それから話を聴いてくれ」

グレイロップは〈メリー・ハイランダー〉に届いた謎めいたメモをビッグスに渡し、それからトランキル氏との二度の邂逅について話した。

「〈メリー・ハイランダー〉で一目見たときから、引っかかるものを感じた。ただ、あの男に見張られていたかもしれないと思い至ったのは、少しあとだ。彼が店を出てまもなく、使い走りの小僧がこのメモを持ってきた。私があの店に行ったのはまったくの偶然だ。私がそこにいることを知っていたのは？　トランキル氏だけだ。今朝、ヒンメルブラウ夫人を訪ねた。誰がそこに来たと思う？　トランキル氏だ。いやはや、たった二十四時間のうちに、あの気障《きざ》なフランスの小男に何度も出くわすとはね。さて、メモについてだが、君はどう思う、ビッグス？」

「そのメモについては、お察しのとおり、船長をますます不利な立場に追いやるためだと思います。出所については、可能性は色々あります。いずれにしても、そのトランキルという男から目を離さないことです。宿は聞き出しましたか？」

「ザ・プリンスィズ。ハマートン・ストリート一二一番地」

「そこへ誰かを行かせましょう。嘘をついた可能性もありますから。どんな男か、見てみたいものです」

グレイロップはにやりとした。

「うん、スリーー・ツリーズ・ストリートへ行ってみたいと言うから、古物商の店へ同行しないかと誘った。彼は承知したよ。もうすぐここへやって来るはずだ。だが、本当に来るかな？」

「来ないと思いますよ。あと、新情報がもう一つ。ロデリック卿がこの二つ目の事件に関わっているかもしれません。僕の考えを一言で言えば、グレゴリーを撲殺したのは船長で、ヒンメルブラウに毒を盛ったのも船長だと思います」

「ビッグス、どうかしているぞ」

「事実をお教えしましょう、署長。あとはご自分で判断してください。昨夜、ロデリック卿はまた街へ出かけました。船長が今朝六時十五分に船に戻るのを、トンプソン巡査が〈メリー・ハイランダー〉の店内から見ました。つまり、グレゴリー殺害の十五分後です」

「不都合な、実に不都合な偶然だ」署長が友人を弁護しようとしてつぶやく。「なあ、ビッグス、スリー・ツリーズ・ストリートから桟橋までの所要時間は？」

「早足でもたっぷり三十分、あるいは三十五分かかります。走れば、あの距離なら二十分から二十二分というところでしょう。かなり急がなくてはいけません」

「助かった。ロデリックは六時にスリー・ツリーズ・ストリートにいたはずがない。六時十五分に湾内のボートで目撃されているのだから。それが確かなアリバイになる」

ところが、曖昧な笑みが警部の唇に浮かんだ。

「署長、自転車を使えば、短距離ランナーならずとも、八分から十分で着けます。朝六時なら道路もがら空きですから」

「そうか！　それがどうした？」

「バトラー巡査が今朝七時頃、桟橋へ通じる小路で、放置された自転車を見つけました……」グレイロップが思わず上体を起こすが、ビッグスは構わずに続ける。「署長、気づいたことがあります。これまで、われわれがあまり注意を向けてこなかった点です。船長の態度の変化ですよ。思い出してください。半年前、クライド湾に錨を下ろしたとき、ロデリック卿は陽気でした。陸《おか》での生活を楽しみ、とりわけにぎやかなパーティーを好みました。変化が生じたのは三週間後です。当初はすぐに出航すると言っていたのに、航海する気がまったく失せたようでした。そして、船に閉じ籠もるようになりました。乗組員も呼び戻し、昼も夜もきちんと当直を務めさせました。そうしたことについて、ロデリック卿は一言も説明していません。旧友である署長に対してさえも。署長はどうお考えですか？人の生活をそれほど一変させる出来事とは、いったい何でしょう？　その時期に何か重大な出来事が起きたに違いありません」

「実は私も度々同じ疑問を持ったが、答えが見つからないままだ……」

「私は答えを見つけましたよ。すべての説明がつけられる答えを一つならず思いついたのです。ロデリック卿の生活には何か秘密があると仮定しましょう。何か根深く恐ろしい秘密です。ロデリック卿には敵がいて、その敵が彼を破滅させようと狙っています。敵は、恐るべき企ての共犯者で、何らかの害を被ったか裏切られた者……。あるいは、船長が著しい損害を与えた者かもしれません」

グレイロップは肩をすくめた。

すべて荒唐無稽だ。ロデリックを知っている自分にとっては……。

「そう考えると、こんな仮説が立てられます。例えば、ロデリック卿は敵を追って航海を重ね、とうとうダンバートンへやって来た。三週間後、敵の痕跡を発見します。ダンバートンにいたのです。敵とは誰でしょう？　ヒンメルブラウ？　あるいはグレゴリー？　もしかしたら、あの得体が知れないトランキル？　ロデリック卿はどうするでしょう？　また逃げる？　逃げても無駄なことはよくわかっています。だから留まります。しかし、闘いを受けて立つため、準備するでしょう。もう外出はしません。船で待機します。命の危険を感じているしるしです。だから、けっして規律を崩さず、片時も警戒を怠りません。敵にとっては手強い相手でしょうね。ロデリック卿は今やヒンメルブラウ夫人を愛しています。もう誰の目にも明らかでしょう、署長。長いことくすぶっていた恋心に再び火がついたのです。いっぽう、ヒンメルブラウも妻を愛しています。妻の心が離れていることを感じています。彼は闘わずして身を引くでしょうか？　いいえ。彼は船長の秘密を嗅ぎつけたのかもしれません。それは十分にあり得るでしょう。ヒンメルブラウが胡散臭い仕事に手を染めてきたのは周知の事実です。怪しげな人脈も作ってきたはずだ。そして、嫉妬に燃えたヒンメルブラウが船に乗り込んできます。船長の秘密を握って、それを利用する腹づもりです。執拗な脅迫。そして、ヒンメルブラウはその場で殺されました」

「ビッグス」グレイロップが冷ややかに口を挟む。「君は自分の推理に固執するあまり、その推理にとって都合がいいようにすべてを利用している」

署長の口調の厳しさに、警部はしばし口をつぐみ、視線を落として床板の溝をじっと見つめる。ふと彼の顔に赤みが差した。そして、めったにしないことをした……。上司に向かって人差し指を立て、力を込めてその手を上下に動かしながら、まくし立てたのだ。

「アルデバラン号の乗組員全員に睡眠薬が盛られた夜、ただ一人、昏睡しなかったのは誰ですか？　ロデリックです。その夜、ダンバートンまで目的不明の外出をし、それについて説明を拒んでいるのは、誰ですか？　ロデリックです。殺人が起きた日、カクテルを作ったのは誰ですか？　ロデリックです。ほんの一口それを飲んだだけで、ヒンメルブラウは即死しました。同じバーで、犯罪の数分前に、これから起こる悲劇を知っているかのように『飲まなかっただろうね』と一言、言ったのは、誰ですか？　またもやロデリックです！　今朝六時十五分にロデリック卿が船に戻ってきたという、信頼できる巡査の証言もあります。桟橋近くに自転車が乗り捨てられてありました。ちなみに、六時に、桟橋から自転車で十分の場所で、殺人がありました。殺されたのはグレゴリー。最初の殺人のあった日に船上で目撃された男です」

「二つの事件をどう関係づけるんだ？」

「現時点では、グレゴリーと、ある男の間に関係がありそうです。その男こそロデリックです！」

グレイロップが腰を下ろす。

二人とも苛立っていたが、表情は対照的だった。ビッグスの声が次第に高まり、体の動きが激しくなっていくのに反し、グレイロップはすべてを拒否するかのように、顔色一つ変えない。声音はいつもと違って低く単調だ。

「君はまだ何も証明していない。ロデリックは、乗組員に睡眠薬が盛られた夜に外出した。だが、どこへ行った？　君はそれを知らんだろう！　彼がカクテルを調合した？　だが、皆、最初に一口、飲んだじゃないか！　毒を入れられるのは彼だけ？　だが、何の証拠もない！　彼が『飲まなかっただろうね？』と言った？　君はその一言から推理を展開するが、彼の意図まではわからないじゃないか！　彼は二度目の外出をしていないと言ったかね？　パブの窓ガラス越しにトンプソンが見たのは、誰だ？　士官？　ダンバートンには何百人もいるぞ！　君は昨日、二人の名を挙げた。ヒンメルブラウ夫人とロデリックだ。君は今日、最初の名には一言も触れていない。つまり、表面的なことだけを根拠に、思い込みで決めつけている。自分だけの思い込みだ。ビッグス、事実はどこにある？　証拠はどこにある？　仮定の領域内なら、何だって可能だ。仮説なら、今度は私が披露しよう。折からダンバートンに現れたあの外国人トランキルの正体が自己紹介どおりでも、そうでなくても、アルデバラン号の事件に関わっていた可能性があると、私が考えたとしよう。君の説とはまったく相反するが、私が間違っていると、君は証明できるかね？　できないだろう！

君はバーの問題について話した。けれども、もしバーの問題がなければ？　もしヒンメルブラウが自殺したとすれば？　君は、船長の生活には秘密があると言う。そのとおりかもしれない。だが、ヒンメルブラウの生活にも秘密があるとしたら？　船長について君が言ったことのかなりの部分は、ヒンメルブラウにも当てはまりそうだ。何か恐るべき秘密で、彼とトランキルが結びついているのかもしれない。ヒンメルブラウは胡散臭いし、わが国に腰を落ち着けてからまだ一年ほどしか経っていない。トランキルがダンバートンに到着した。それでヒンメルブラウが敗北を悟った。さらに留意してほしいのは、トランキルがダンバートンに到着したとたん、ヒンメルブラウ夫人が出発を決めたことだ。このフランス人女性と、あのフランス男との間に関係はないのか？　どうやらトランキルが夫人を知ったのは昨日今日のことではなさそうだ。それに、考えてみれば、〈メリー・ハイランダー〉で受け取ったメモを書いたのが私の推理どおりトランキルだとすれば、バーでの船長の言葉を彼に教えたのはヒンメルブラウ夫人としか考えられないのでは？　彼女がロデリックを愛していて、船長の無実を訴えた？　私の推理どおりなら、ただの茶番だ。夫人がトランキルを利用しているとすれば、ヒンメルブラウもそれを承知していただろう。アルデバラン号のバーの近くで、彼が何と言った？　それはわからない。だが、ヒンメルブラウはまもなく息絶え、それが自殺でなかったという証拠はない。犯人は、殺人を犯すためにアルデバラン号に乗船する必要はなかったのかもしれない。離れた場所から、武器を使わずに殺すことはいくらでもできる。

もう一つの事件だ。グレゴリー殺し。トランキルが事件のことをあれほどよく知っていたのは、重要な役を演じたからに他ならないのではないか。たとえば、トランキルはなぜこれほど私にまとわりつく？　明らかに、あの男は私をつけていた。なぜスリー・ツリーズ・ストリートに行ってみたいと言った？　一緒に来ないかという私の申し出をいたく喜んでいた。あの男は何を企んでいる？　彼はここでわれわれと合流すると約束した。本当に来るか、見ていてごらん」

「来ませんよ」とビッグスは言う。

「来るね」

数分後、遠慮がちにドアを叩く音がした。古文書管理人の笑みをたたえた顔が戸口に覗く。

「よかった！　まだお発ちでなかったのですね？　遅くなってしまったかと、大いに気をもみました」

Ⅳ　スリー・ツリーズ・ストリート

この季節の朝五時半は、まだ暗い。建物の壁や歩道のアスファルトにまとわりつく冷たい霧の中で、ガス灯のかすかな光がまたたく。通行人はまばらで、マフラーとセーターに身を包んでいるにもかかわらず、肺炎の元となりかねない夜明けの湿気に背中をぞくぞくさせている。通りは閑散としている。労働者が朝一番のパイプをくゆらせながら出勤したり、顔色の悪い子供や娘が眠気と闘いながら町工場へ向かったりするにはまだ早い。巡査が一人、外套の襟を立てて行ったり来たりしている。時おり、石畳の道をガタガタと音を立ててパン屋や牛乳屋の車が通り過ぎていく。それに、あちらこちらで立ち止まっては長い棒を上げ、それから肩の上にその棒を載せて進む、愁いを帯びた人影も見える。街灯を消しているのだ。彼は凍えた小さな星を思わせるガス灯の下で、まず立ち止まる。両腕を上げると、星は消える。闇が濃くなる。

正体不明の男がグレゴリーの店へ向かったのは、夜明け前のそうした風景の中だった。頭の中には血なまぐさい企みが渦巻いていた。そして、事が済むと、先刻と同じじっとりとした霧の中を去っていった。この人物は誰だろう？　その痕跡はどうすれば見つかるのだろう？

それが早朝の出来事だった。今はもう明るい。グレイロップ署長と、ビッグス警部と、トランキル氏は人通りの多い通りを足早に歩く。考え込んでいたグレイロップがようやく我に返って言った。

「ここがスリー・ツリーズ・ストリートです」

　スリー・ツリーズ・ストリートは、通りというよりむしろ長い横丁で、幅はせいぜい二メートル半しかない。両足を揃えたまま跳んでも、こちらの露店から向かい側の露店に一跳びで行けるほどだ。商業の神メルクリウスの恵みを受けた特別区と呼ぶべきこの界隈では、商人も泥棒も、多かれ少なかれ、それら二つの稼業を兼ねている。ここでは、こそ泥がわずかな現金と引き換えにたやすく盗品を売りさばくことができる。金持ちの息子がわずか数シリングを手にするために、五ポンドもしたコートを「売り払い」、それを伊達者のちんぴらが一ポンドで買っていく。上流階級の社交界に潜り込み、一攫千金を狙うための衣装なのだ。悪徳と貧困と犯罪の一大バザール、スリー・ツリーズ・ストリートに行けば、たいていの物は手に入る――目覚まし時計、腕時計、ブレスレット、靴、スカーフ、武器各種、自転車、船舶用品、カーニバル用品、空き巣の道具、楽器、スポーツ用具、古いメダル、切手のコレクション、さまざまなスタンプや印章、猥褻な絵葉書、おんぼろの家具、美術品、絵画、そして、文豪の手になる小説も、たまには見つかる。

　そのように摩訶不思議な「スリー・ツリーズ・ストリート《三本木》」には、実のところ、木は一本も生えていない。その名が三本の堂々たる大木を想像させるにしても、この通りにたむろするやくざ者全員に所業の報いを受けさせ、一度に縛り首にすれば、枝はことごとく重みに耐えきれず、折れてしまうに違いない。

　通りを進んでいくと、愛想の悪いおやじのいる床屋と禁制の釣り道具を見事に揃えた釣具店に挟まれて、古物商の看板がある。「グレゴリー、グレゴリー&グレゴリー古道具店」

　グレイロップ、ビッグス、トランキル氏は古道具屋の前で立ち止まった。三人が来るやいなや、辺りをうろついていた脛に疵持つ連中は雲散霧消していた。けれども、窓という窓のカーテンや鎧戸の陰では、好奇心をむき出しにした目が光っている。巡査が一人、店から出て来た。ピューピル巡査だ。巡査はグレイロップにメモを渡す。鑑識班からの報告だ。文面は短い。グレイロップがすばやく読み上げる。

「凶器から明瞭な指紋を一つだけ発見。署の指紋カードに一致するものはなく、殺人者の特定には至らず」

店の入り口で声が上がる。

「おやおや！　相当激しく争ったと見えますな……」トランキル氏が狭い店内の散らかりようを見て、無邪気に言う。

テーブル、椅子が二脚、古い置き時計、燭台と銅製の花瓶などがひっくり返って散乱している。椅子の一つは脚が折れ、底が抜けている。入り口近くに低いカウンターがあり、その後ろに揚げ板が大きく開かれている。地下室への入り口だ。古物商が長年仕入れてきた骨董のなかでも値打ちのある品々の隠し場所である。そして、アルコールと黒っぽい吸い殻で汚れたカウンターの脇に、古物商グレゴリーが仰向けに横たわっていた。

年齢は五十歳前後。でっぷりした、かなりの巨体で、頭は完全に禿げ、髭のない丸い顔は苦しげにゆがんでいる。大量の血が幾筋も流れて凝固し、頭に禍々《まがまが》しい模様を描いている。まるで、戯画家が鬼才を発揮し、ガチョウの卵に妖怪を描いて子供に悪夢を見せようとしたかのようだ。ぱっくり口を開けた大きな傷からは脳みそが飛び出ている。雄牛を撲殺するほどの衝撃が加えられたらしく、頭蓋骨は文字どおり砕けていた。遺体から二メートルほどの所に凶器が落ちている。どっしりしたメイスで、少なくともあの勇猛果敢なリチャード獅子心王の時代までさかのぼる品だろう。数多の頭を打ち砕き、数多の甲冑を打ち鳴らし、数多の手足を折ってきた武器だ。最も重い先端部は血と脳みそで汚れている。柄にはぎこちない文字でグレゴリーの名が刻まれている。

グレイロップとビッグスが室内、家具、床を調べる。手がかりになりそうな物は何もない。何者かがここに来た。そして、無慈悲な戦いをした挙げ句、その勝者となった。来たときと同様、こっそりと去った。わかっているのはそれだけだ。

いずれにせよ、二人の警察官がしたのは通り一遍の検証だけだった。この現場検証の真の目的は、トランキル氏の反応を観察することだったからである。グレイロップもビッグスも、彼からけっして目を離さない。このフランス人はどんな行動をするのだろう?

トランキル氏は、まず室内を一回りした。それから大人しく祈禱台に腰掛け、両手を膝の上に広げて二人の警察官の動きを興味深そうに目で追っている。

この男は本当に事件に関わりがあるのだろうか？　グレイロップは、彼がきわめて冷静で、何事にも動じないことに気づいた。

ビッグスのほうは、トランキル氏を罠にかけようと、あれこれ頭を巡らす。とうとう沈黙を破り、こう言った。

「犯人は今朝、殺すつもりでここへ来た……」

ところが、そこでビッグスは言葉を切った。トランキル氏が珍しく口を挟み、柔らかな口調でこう言ったからだ。

「残念ながら、私の意見はビッグス警部とは異なります。訪問者は古物商に攻撃され、抵抗しているうちに相手を殺してしまったのです」

トランキル氏は手振りを交えてそう言うと、角張った膝の上に手を戻し、顔を上げる。返事を待っているらしい。

「抵抗？」ビッグスがおうむ返しにする。「グレゴリーが、朝の六時に訪ねて来た人物を攻撃したと言うのですか？」

「私はまさにそう考えております」

「私は、犯人は殺すためにやって来たと思いますね」

トランキル氏が嚙んで含めるように言う。「今朝訪れた人物は、殺しに来たのではありません。グレゴリーに挑発され、わが身を守るために戦ったのです。いやはや！　ビッグス警部、勇み足もほどほどになさらないと！」

「それは言い過ぎじゃありませんか！」と言い返しながら、ビッグスは相手の手並みを見てやろうという気になった。「犯人の手がかりになるようなものを発見されたとでも？」

「そんなところです。どんな人物かって？　それはわかりません。しかし、手袋をしていたのは確かでしょう」

「お見事」ビッグスの言葉にはかなりの皮肉が込められている。

ビッグスが小馬鹿にした口調で言ったにもかかわらず、トランキル氏が平静さを失うことはない。

「さっき読んでくださった報告によれば、凶器から一つだけ採取された指紋と合致するものは鑑識課になかった。私が思うに、指紋の主を特定する最善の方法は、被害者であるグレゴリー自身の指紋と照合することです。しかし、細かいことはどうでもよろしい。私が興味をかき立てられるのは、誰がグレゴリーを殺したかより、事件がどんな経緯をたどったかです。事件がどのように起きたのか。そこにすべてが含まれているのが常ですから」

ビッグスは、トランキルの専門家じみた語り口に驚きながら、思わず同業者にするように議論を持ちかけた。

「それも一つの考え方です。でも、僕が問うのは『どのように?』ではありません。まず『誰が?』と問います」

「私は『なぜ?』だ」とグレイロップが口を挟む。

「では、こう考えてみましょう」トランキルが言う。「私は、犯人は殺すために来たのではないと申しました。さらにつけ加えれば、その人物は武器を持っていませんでした。仮に持っていたとすれば、なぜ相手を倒すためにこのメイスを使わなければならなかったのか、説明がつきません。それに、争っているとき、グレゴリーはどんな武器を使っていたのでしょう?」

「両手の拳で十分だと考えたのでは」

「いいえ! なぜなら、このメイスは、これだけがらくたがある中で、唯一売り物でなかったからです。グレゴリーは柄に自分の名を刻んでいました。ほら、カウンターの後ろの壁の隅にへこんだ部分があるでしょう。グレゴリーはあそこに大切なメイスを立てかけていたのです。すぐ手が届きますし、それに、銃に劣らず素早く使えて、銃よりも静かな武器です。ご立派な商売をしていたから、このメイスを護身用にしていたのでしょう。さて、遺体の位置と、それから、脚が折れて底が抜けたこの椅子をご覧ください。椅子は遺体の前、二メートルほど離れた所にあります。つまり、両者が争っているうちに、この藁編みの椅子を足で蹴り破ったのではないでしょうか?」

「そんなはずはない！　椅子の座面に穴をあけたのはメイスだ。でも、犯人が何度もメイスを振らなければ、こうはならないのでは？」

「お待ち下さい！　椅子の一メートルほど先の床板に深い擦り傷があります。遺体からは三メートルほどの所ですが、あれもメイスでついたものでしょう。よろしい。それでは、犯行の場面を想像し、加害者と被害者の位置を特定してみましょう」

グレイロップもビッグスも、このにわか捜査官の言葉にますます注意深く耳を傾けるようになった。そもそもトランキル氏をこの古道具屋に伴ったときは、こんな素人離れした推理を予想もしていなかった。

「何者かがここにやって来ました」トランキル氏は続けた。「店には誰もいません。訪問者はグレゴリーを呼びます。カウンターの奥の揚げ板が開いていますから、古物商はあそこから店に出て来たのでしょう。あたかも地の底から現れる醜い悪魔のように。話し合いが始まります。何の話でしょう？今の時点では、まったくわかりません。ほどなく、激しい言葉が交わされます。口論に発展したのです。脅迫の応酬だったかもしれません。そして、グレゴリーはメイスを手にして扉の前に陣取り、出口を塞ぎます。つまり、グレゴリーは防御する側ではなく、むしろ攻撃する側でした。相手は怯み、後ずさりながら、柱時計や椅子や、その他の家具類につまずき、それらをひっくり返します。グレゴリーがメイスを振り下ろします。しかし、相手は機敏で、それを巧みにかわします。メイスが椅子の脚を折り、底を抜きます。それだけでは済みません。重いメイスが、力余ってグレゴリーの手を離れ、一メートルほど先の床に刺さります。相手はすばやくそれを奪い、巧みに狙いを定めて、一撃でグレゴリーを撲殺しました」

トランキル氏の長い陳述が終わると、グレイロップとビッグスはしばし茫然とした。そして、今耳にした話のうち正確な部分と、想像力豊かな頭脳が生んだ夢想の部分を切り離そうとする。何よりも、この奇妙な同席者の正体を探ろうとした。

「トランキルさんは実に豊かな想像力の持ち主ですね」ビッグスがとげとげしく言う。

「想像力ですって？」小柄なフランス人は素っ気なく言い返す。「グレゴリーが最初にメイスを使ったことは、絶対に間違いありません。彼の手になじんだ武器ですから。それに、カウンターの向こうのあの片隅にいて、メイスに手が届いたのは彼だけですから、まったく異論の余地はないのです。ともかく、グレゴリーの指紋を調べれば、私の言うとおりだとわかるでしょう。相手のほう、すなわち正体不明の訪問者は、グレゴリーの前で後ずさり、つまずきました。それも疑う余地はありません。柱時計の角にあるこの茶色い染みをご覧ください。訪問者はそこで転んだのです。擦り傷を負い、そこから出血しました。もしその人物が殺す目的で来たとすれば、もっと別なやり方でその場を収めたと思いませんか？　目的を果たすための、もっと危険の少ない方法はいくらでもあります。そもそも、グレゴリーにカウンターから出る隙を与えなかったでしょう。彼が地下室から上がってきて揚げ板から顔を見せるやいなや、頭に銃弾を撃ち込めばよかった。私は、その訪問者が手袋をしていたと申しました。私がここまで述べたことが正しいとすれば、その人物はグレゴリーにメイスで襲われました。メイスから採取された指紋がグレゴリーのものだとすれば、この訪問者は手袋をしていたことになります。指紋を残さないためです。手袋をした男。その点は注目に価するのでは？」

今度は、ビッグスもグレイロップも答えなかった。猫なで声でとうとうと語るこの小男は、驚くべき威厳を感じさせた。すべてを考え合わせれば、彼の説明はつじつまが合う。しかも、彼の言う指紋の一致を確認するのはたやすい。ビッグスはすぐさま少量の煤を見つけ出し、遺体の指に擦りつけた。急に気持ちが落ち着いてきた。少し前から、まるで同僚を相手にするようにトランキルの話に耳を傾けていたことに気づいた。ただ、グレイロップがトランキル氏を現場に連れてきたのは、ビッグスにこのフランス人を検分させるためである。ビッグスは決着をつけることにした。

「トランキルさん、あなたの推理はとてもよくできている。プロでも、これほど説得力ある推理をこれほど素早く組み立てられる人は稀です。いやはや！　現場に居合わせたか、一枚嚙んでいたのでなければ、事件の場面をこれほど見事に再現できないでしょう」

トランキル氏は何のことかわからないという素振りをした。

「お褒めにあずかり光栄です、警部さん。ところで、あなたの推理をまだうかがっておりません。あなたこそ、私よりもずっと見事な推理をなさると確信しておりますよ」

「あなたに自分の推理を披露するつもりはありません」とビッグスが答える。その顔はもう紅潮し始めている。

グレイロップは自分たちのもくろみを早々に明かすつもりはなく、ビッグスが血気に逸って決定的な言葉を口走りかねないと感じたので、割って入った。

「そろそろ帰りましょう！　歩きながら話したほうがいい。今はこれだけ見れば十分だ」

三人が立ち去ろうとしたとき、トランキル氏が古道具屋の入り口で身を屈め、ポケットからスイスアーミーナイフを取り出して、床板の溝に刃を差し込んだ。立ち上がったトランキル氏は、手に光るものを持っている。

「ほら、あなたの部下が見逃したものですよ、ビッグス警部」

トランキル氏が得々として見せたのは、小さな十スー硬貨だった。

「儲けものです」滑稽な小男は真顔で言った。「まさに儲けものですよ。私が何か拾わない日はありません。一スー硬貨だったり、五十サンチームのアクセサリーだったり、消印のない切手だったり。値打ちものはありません。それでも、つまらないものを絶えず見つけては、悦に入っているのですよ」

トランキル氏はダイヤモンドでも拾ったかのような満面の笑みを浮かべ、ポケットを膨らませているブリキ缶の一つに十スー硬貨をしまった。

グレイロップは、もう耐えられなかった。ひどい思い違いをしたかもしれないと思い始めただけに、いっそう真実が知りたくなった。

「トランキルさん、そろそろ思わせぶりをやめていい頃ではありませんか？　あなたは、本当は何者ですか？　それほどの知識を、どこで身に着けたのです？」

フランス人が微笑む。

「私が何者か？　ただのトランキルですよ。古文書管理人と申しましたが、実を言えば、もうかなり前に引退しました。とは言え、人生のある時期、実際にその仕事をしていたのは確かです。遺産が少々入りまして、つましい生活には十分な額でした。私は好みがうるさくありませんから。そのおかげで、労働の束縛から解放されたというわけです。現在の肩書ですか？　好奇心のおもむくまま、込み入った状況を調査と推理によって解決することに喜びを感じる者であります。チェスの手であれ、あなた方が今調べているような謎であれ、何でもござれ。ありがたいことに、この世は謎に満ちております。下から上まで謎だらけです。そして、われわれの頭脳はまさに、そうした無数の謎を研究するために与えられたのです。このすばらしい世界は、われわれの前に置かれた、永遠の果てしないなぞなぞであります！

実際、詩人が詩を書くとき、学者が研究室にこもるとき、天文学者が望遠鏡を覗くとき、昆虫学者が昆虫の上に身を屈めるとき、彼らは謎に対峙しています。同じ一つの謎のさまざまな面を見つめているのです。私の手のひらの線には謎があります。ありとあらゆる窓の奥に、謎があります。道に転がる石の一つひとつに謎があります。しかしながら、私はたまたま、いわゆる犯罪の謎に携わるようになってまいりました。この分野では、追い詰められた人間の策略が謎解きの面白みを増してくれます。私は言うなればアマチュア探偵でしょうか？　そうお思いになりたければ、それで結構。しかし、私にはそんなつもりはありません。これまでたまたま解決できた事件を通じて、金銭的な利益や何らかの栄誉を得ようとしたことは一度たりとありません。ただ謎を愛する心を満たし、正解を得ることで満足してまいりました。犯罪者の追跡を専門とする人たちや、パリなどの名高い探偵に判断を求められることもございます。だからと言って、けっしてうぬぼれはしません。そうですね、よろしければ謎マニアとでも呼んでいただきましょうか。なぞなぞであれ、クロスワードパズルであれ、不可解な殺人事件であれ、来るものは拒まず。つまり、ここに来たのは、流血の惨事を解明するためです。謎の魅力に惹かれ、そして、この上なく魅力的な同胞の女性、すなわちヒンメルブラウ夫人に手を差し伸べるために、やってまいりました」

周知のように、長広舌を振るうのはトランキル氏の得意技だ。

「なるほど！　それがこちらへ来た理由ですか。つまり、アルデバラン号の事件にご興味があるのですね。それで、事件のことは誰からお聞きに？　ヒンメルブラウ夫人ですか？」

「誰から聞いたか？　最初はトンプソン巡査からです」

　グレイロップはむっとした。

「そして、ヒンメルブラウ夫人からです。トンプソン君を悪く思わないでください。彼はパリで私のことを知りました。あえて申し上げれば、私の仕事ぶりを目の当たりにしたのです。三年ほど前のことでした。〈四つの時計〉事件の折です。あの事件はイギリスで始まり、パリ近郊のライ＝レ＝ローズで大団円を迎えました。ご記憶にあるのでは？」

「ありますとも！」グレイロップが即座に答える。「二カ月の間、大騒ぎでした。私でさえ、ここダンバートンにいながら、事件を解明しようとして、どれだけ知恵を絞ったことか！　署でも、クラブでも、ベッドの中でまで頭をひねったものです。フランスとイギリスの警察関係者は一人残らず〈四つの時計〉の謎と格闘していたはずです。あの事件を解決したのがあなただったとは……」

「そのとおり、この私であります」トランキル氏はゆっくりと言う。「私が、五つ目の時計に気づいたのです。誰も思いもしませんでしたが、五つ目の時計があるはずだと推理しました。それがなければ、残りの四つは存在する理由がなくなるというか、存在し得なかったのです。そして、やはり推理によって、それが玉座市（かつてパリのトロンヌ広場で開かれていた市）のパン・デピス（香辛料入りの菓子）売りの屋台にあることを突き止めたのです」

「その事件については細かい点までよく覚えています」今や尊敬の眼差しでトランキル氏を見つめながら、ビッグスが言う。「いったん解決されると、すべてが単純明快に見えました。どうして最初にわからなかったのかと思うほどでした」

「しばしば感じてきたことですが」とフランス人が言う。「曖昧模糊とした問題に限って、答えは児戯に等しいほど単純なものです」

「あなたが解決されたとは、誰も知らないでしょう」

「私の名は出さないでほしいと頼んだからです。人前に出るのは苦手でして。先日、トンプソン君にばったり会うと、彼は私をグレイロップ署長に紹介したがりました。実直そのもののトンプソン君は私を買いかぶっておりまして、アルデバラン号の話をするうちに、私のささやかな知恵を活かして捜査に協力してほしいと言い出したのです。でも、私がダンバートンにいることはどうか伏せておいてほしいと、彼に頼みました。もちろん、事件に関しては興味津々です。それで、ご紹介にあずかる前に、身元を明かさず、気の向くままに様子をうかがわせていただいた次第です。でも、もう正体がばれました。グレイロップ署長、改めて握手させていただいてよろしいでしょうか？」

「ええ、もちろんですとも」

グレイロップとビッグスはトランキル氏と心を込めて握手を交わした。グレイロップが言った。

「私はビッグス警部と昼過ぎにまた船へ行きます。一緒にいかがです？　なかなか込み入った事件ですから、興味がおありでしょう」

「喜んでお供いたします。そのこぢんまりしたバーをぜひ拝見したい……」

三人は解散した。かくして、グレイロップとビッグスが知恵を絞って立てた仮説は崩れ去った。確かに、トランキル氏の説明には裏付けが必要だ。とは言え、警部が必要な調査をするのは、あくまで念のためであることは、署長も承知している。トランキル氏がアルデバラン号の犯罪にもスリー・ツリーズ・ストリートの殺人にもまったく無関係であることを、二人ともすでに確信していた。

ビッグスは〈四つの時計〉事件を思い返した。あの事件には彼もずいぶん頭を悩ませたものだ。トランキル氏は凄腕だ。だが、今度こそビッグスが頭角を現して、スコットランドの刑事がフランス人に劣らないことを示すときだ。トランキル氏がいかに凄腕でも、古道具屋ですべてを見つけたとは限らない。

（あの店にはまた行くぞ）。ビッグスは心に決めた。

V　グレイロップの三つの尋問

午後一時前。桟橋の乗船用階段近くで、ビッグスとトランキル氏を相手にカウチが長広舌を振るっているると、グレイロップが現れた。ヒンメルブラウ夫人も一緒だ。

「グレイロップ、私も行っていいかい？」とカウチ医師が尋ねる。「何の役にも立たんことは承知しているが、極力、邪魔はしないようにする。謎解きの手がかりを知りたくてうずうずしているんだ」

「わかった。どうぞ」グレイロップは快諾する。この丸々と太った医師が好奇心をむき出しにするのを、面白がっているのだ。

ボートはアルデバラン号を目指して海面を滑る。全員の目が、クルーザーを見つめている。彼らの思いは悲劇の現場であるバーの入り口へ向かっていた。

ロデリック卿は船上で、訪問者たちが遠くから近づいてくるのを眺めていた。

「グレイロップ、いい知らせを持って来てくれたかい？」

「知らせはあるがね、ロデリック。芳しくはない。君にいくつか訊きたいことがある。こちらはトランキル氏。フランスの名探偵、というより、ご本人の言葉を借りれば、謎マニアだ。きっと貴重な知恵を貸してくださるだろう」

「訊きたいこと？　何でもどうぞ」

「ありがとう。では、最初の質問だ。今朝、六時十五分頃に君が船に戻ってくるのを見た人がいる。昨夜、何をしにダンバートンへ行ったか、ぜひ教えてもらいたい」

「昨夜はダンバートンへは行っていないよ、グレイロップ。名誉にかけて断言する。昨夜は疲労困憊だった。前の晩に徹夜したから。今朝は七時までぐっすり眠った」

「ロデリック」グレイロップの声は尖っている。「トンプソン巡査が今朝、士官服を着た男がボートを横付けしてアルデバラン号に乗船するのを、六時十五分に見ている。それ以降、下船した人は見ていない。船から下りた人は一人もいないそうだ。その点をはっきりしなくてはいけない。昨夜アルデバラン号を離れなかったことを証明できるか？」

「どうやって証明しろと？　自分の船室から一歩も出ずに、その部屋のベッドで朝まで眠りこけていたんだ。自分がちゃんと船内にいて眠っていたことを、どうすれば証明できる？」

「昨夜、乗組員は誰もドアをノックしなかったのか？　ことに、五時半から六時十五分の間にノックした人は？」

「いや、誰も。それを先に言うべきだった」

「六時に、舵輪室に当直はいたか？」

「ああ。水夫のオガルだ。機関室にはファン・ハース機関士。その二人が当直だった。午前四時から八時までの当番だ」

「二人をここへ寄越してもらえるか？　まずファン・ハースからにしよう。ビッグス、君が尋問してくれ」

ほどなく、オランダ人のファン・ハースが木底靴を引きずって鉄のはしごを下りてきた。徹夜明けのように疲れた顔で、腫れ上がった頬にしょっちゅう片手を持っていく。いかめしい裁判官の前に出頭する庶民よろしく、戸惑いながらおどおどと近づいてくる。

「ファン・ハース」ビッグスの声は冷ややかだ。「これから一つ、質問する。よく考えて答えなさい」

「はい、警部さん。僕は何も疚しいことはしていません」堅苦しい前置きに気後れし、水夫はつぶやくように答える。

「それはこれから調べればわかることだ。今朝、四時から八時まで当直だったのは本当か?」

「はい。機関室に詰めていました……」そう答えるファン・ハースは心の底で、わけもなく紅潮する頬を呪っていた。

「当直中は何をしている?」

ファン・ハースは、宿題を忘れた子供のように困惑して身体を揺する。

「それは、警部さん、寝ずの番です……」

「それなら、なぜ今朝六時から七時まで寝ていた?」

ファン・ハースは虚をつかれて視線を浮かせ、それから不意に木靴で床を激しく打った。そして、頬をこすりながら言った。

「寝ていた? 僕が、寝ていたって? このいまいましい親知らずのせいで、一晩中、頭がかっかしていたのに!」そこまで言うと、水夫は落ち着きを取り戻した。「失礼しました。でも、寝ていたと言われては、黙っていられません。よりによって、あんな夜に。一秒おきにほっぺたを鉄やタイルに当てて冷やしていたんです。口の中が燃えるようで、しまいには窯の中にいるみたいに、周り中が熱いような気がしました! 鋼板張りの壁をじっと見て、あそこに頭を打ちつけて何もかも終わらせたいとさえ思ったんです。それを寝ていたなんて！　いいえ！　僕は寝てなんかいませんでした！　そんなことを言ったやつは、とんでもない嘘つきです。オランダに咲くチューリップ全部にかけて誓います！　もし僕の言うことが本当でなければ、日照りで地面が灼かれて、チューリップが一本残らず枯れたっていい」

水夫が必死になって誓う言葉を聞きながら、皆はつい笑いそうになった。これほどまでに否定するところを見ると、気の毒なファン・ハースは眠っていなかったのだ！

「もうよろしい！　落ち着きなさい、ファン・ハース。こちらの思い違いかもしれない。一応訊いておくが、寝ていなかったのなら、六時十五分頃、船の上で何か変わったことがなかったか、教えてほしい」

「いいえ！　何も……」

「よく思い出すんだ。たとえば、アルデバラン号にボートが横付けされる音がしなかったかい？　あるいは、甲板を歩く足音は？」

ファン・ハースは考える。

「ボートの音は、しなかったはずです。でも足音は、確かに聞こえました。六時半頃に、甲板のほうで」

ビッグスの目がきらりと光る。

「ほう！　足音を聞いた？　それで、ファン・ハース君、アルデバラン号の甲板を六時過ぎに歩いていた人物は誰か、見当がつくかい？　その人を見たのか？」

「警部さん、当直のときは持ち場の番をするのが仕事ですから、甲板がどうなっているかは知りません」水夫は胸を張って答える。嫌疑が晴れたことを悟り、君付けで呼ばれて気をよくしたのだ。「でも、甲板をうろうろしていた人間が誰かと訊かれれば、答えられますよ。姿は見ませんでしたが」と言うと、ファン・ハースは笑い出した。「見なくてもわかりますよ。グース爺さんです！　彼が甲板の上でぼろ靴を引きずる音には聞き覚えがありますから！　それに、爺さんにとってはいつもの時間です。鍋を動かしていました。それから、コーヒー豆を炒り始める音がしました」

ビッグスは残念そうな仕草をした。

「ありがとう、ファン・ハース。オガルにここへ来るように言ってくれ」

水夫のテンビー・オガルは屈託のない顔でやって来た。ビッグスは、同じ茶番を繰り返しても無駄だと判断した。

「オガル、今朝六時から六時十五分の間に、何か変わったことに気づかなかったかい？　その時間に誰かが甲板を歩き回っていたとか？」

「いいえ、警部さん！　誰も見かけませんでした」オガルはきっぱりと言った。

「誰も見なかった？　それは確かかね？」

「ええ、誰も見ませんでした、警部さん」

「本当に？　たとえば、トビー・グースも？」

「トビー・グース？」オガルは吹き出した。「もちろん、コーヒーミルを回しているのを見ました。でも、トビー・グースは人数に入りませんから。化石みたいなもんですよ」

今度は真面目な表情を保つのに苦労しながら、ビッグスはわざときつく言った。「オガル、それは言い過ぎだろう。トビー・グースをここへ寄越してくれないか」

コックのトビー・グースがぼろ靴を引きずり、汚れたエプロンをひねくりながらやって来た。確かに、こうして見ると、オガルの少々辛辣な表現にも納得がいく。化石とは言い得て妙だ。あまりに年老いて役に立たず、この男にも若くて仕事ができた頃があったとは、とても想像できない。ロデリック卿が彼を船に乗せているのは、ひとえに憐れみからだ。足元がふらつき、同じ話ばかり繰り返すこの老人は、二十年間、伯父のアラン・ナイトに忠誠を尽くした献身的な奉公人だった。ロデリック卿はもう何度も、グースに恩給を出すことを申し出ていた。その恩給があれば、故郷のランカシャー辺りの小さな家で老いた体に陽光を浴び、夜は暖炉の火で暖まることができるはずだ。

しかし、頑固な老人は毎度それを断り、船に留まらせてほしいと「優しいご主人様」に切々と懇願するのだった。死ぬまでアルデバラン号に置いてくれるという、今は亡きアラン卿の約束を守ってほしいというのだ。それで、船長も彼の望みを聞いてやる他はなかった。力仕事は見習い水夫のウロホに代わりにやらせるよう、どうにかグースを説得した。ビッグスが質問すると、グース爺さんは顎髭の中でもごもごと不明瞭な言葉をつぶやいた。よく聞いてみれば、今朝、確かにその時間にコーヒー豆を炒ったことがわかった。「少しずつ、その都度炒ったほうがいいんだ。一度に沢山炒るよりもな。香りのためさ。そうだろ、警部さん？」そして、誰も見なかったと答えた。「いんや！　誰も見なかったよ、警部さん！」爺さんは、目がいいことを自慢した。「そうは言っても、昔ほどじゃねえがな」それでも、誰かが来れば絶対に見えたはずだと言う。「そりゃそうさ。なあ、警部さん？」

ビッグスはよぼよぼのコック長を下がらせた。

「これで四人」手帳に四本の線を引いてカウチが言う。

一同は問いかけるようにカウチを見る。

「これまで、アルデバラン号の関係者三人の尋問が終わりました。そのなかからビッグスが殺人者を発見する見込みはなさそうです。私は、容疑者となる可能性がある全員のリストを作成してみました。警部さんに尋問された気の毒な三人の船員の名を、今消したところです。もし三人のうちの一人が犯行を自白したとしても、私は信じませんね」

「カウチ先生、ついでに残っている二人の乗組員と、見習いの名も消して下さい。私が責任を持ちますから」とロデリック卿が言う。

「そうですか」と医師は素直に言う。

すぐに鉛筆を下ろしたものの、考えが変わった。

「いや！　まだわからんし、それに、それでは……」と言って、カウチは口ごもる。「本当に、リストに残る名前があまりに少なくなりますぞ……。私の名は消していいと判断しました。自分のことは一番よく知っていますから」と、カウチは鉛筆をなめながら言う。「それに、水夫二名、コック一名。これで四人の嫌疑が晴れたわけですな」

その口調があまりに確信に満ちていたため、カウチ以外の全員が、事態の深刻さにもかかわらず、つい笑ってしまった。グレイロップが口を開く。

「カウチ、忘れないでくれたまえ。われわれは、そういう理由で君の名を消すわけにはいかないんだよ。結局、何があったのか、誰も見ていないのだから。それでも、今朝、誰かが船にやって来た。乗組員が共犯だという考えは捨てよう。乗船した人物はグースにもオガルにも姿を見られず、ファン・ハースにも音を聞かれていない。その士官は誰か？　どこに隠れているのか？　アルデバラン号から下船した者はいないのだから、計算上、この船に一人、余分な人間がいることになる。船の中をくまなく捜索しなくては」

捜索は早速行なわれた。しらみつぶしの捜索が、再び全船室に及び、あらゆる戸棚が開かれた。捜索と並行して、乗組員が逃げ道をふさぎ、不審者を徐々に追い詰めようとした。とうとう捜索は士官居住区に至った。配膳室には誰もいない。バーにも誰もいない。ロデリック卿の寝室にもいない。客間にも食堂にも、誰もいない。

船上には不審者の影もなかった。実際、カウチ医師が手帳に書きつけたリスト以外の人間はいなかった。機関士が二人、水夫が二人、見習い水夫、コック、ヒンメルブラウ夫人、ロデリック卿、カウチ。それに、見張りの巡査二人、謎解きに夢中の男性三人——グレイロップ、ビッグス、トランキル氏だ。

「ロデリック卿に一つお尋ねします」とビッグスが問う。「自転車には乗れますか?」

「ええ、もちろん」船長は驚いて答える。「昔、有名なコースをツーリングしたこともありますよ」

ビッグスが素早く瞬きしたのを見て、カウチはこの質問の重大さを察した。警部が船長を疑っていることがわかると、もう躊躇せず、鉛筆の先を手帳に近づけた。

トランキル氏が爪先立ちで伸び上がると、カウチ医師がロデリック卿の名の横に小さく印をつけるのが見えた。

「ロデリック船長、最近でも、かなり前でも、グレゴリーという古物商に会ったことがありますか?」

「グレゴリー? 古物商?」船長は懸命に思い出そうとした。「会ったかもしれません。その男の容姿を教えていただけますか? ええと、でっぷりして、ちびで、髭も髪の毛もなくて、ちょっと珍しいくらいの醜男？　以前、私がスリー・ツリーズ・ストリートの古道具屋へ入ったとき……」

ビッグス警部の目がまた光った。

「その男です。スリー・ツリーズ・ストリートのグレゴリー。ところで、船長。昨日、アルデバラン号から突然逃げ出した人物が誰か、思い当たる節がありますか？」

「あまりよく見えませんでした。ほんの数秒の出来事でしたから。まったく見当がつきません。もしかして、あれがグレゴリーだったとか？」

「ええ、まさにあの男でした。そのグレゴリーが今朝、自分の店で殺されました。それで、この船に六時十五分に乗船した士官の身元を割り出そうと躍起になっているのです。ヒンメルブラウ殺しとグレゴリー殺しの間には関係があるかもしれません」

「何が何だか、さっぱりわからない」船長はうめいた。「一体全体、何の因果でこんな目に遭うのか。私は二つの犯罪とは無関係です。グレゴリーと会った経緯を話しましょう。五カ月半ほど前、ダンバートンでのことでした。ある日、彼の店の前を通りかかると、古道具を並べたショーウィンドウにフランスの文豪の全集がありました。ヴィクトル・ユゴー全集、ハードカバーで全三五巻。それをまとめて買いました。私はあまり本を読みません。寝台の上に棚があるので、何か飾りたくなっただけです。それ以来、グレゴリーには会っていません。事件の日、彼が何のために船上にいたのかも知りません」

「では、最後に一つ質問しよう。ロデリック、これをどう思う？」

グレイロップは船長に、前日〈メリー・ハイランダー〉で受け取った差出人不明のメモを差し出した。ロデリック卿は紙の真ん中に書かれた数行の文字を読み、おののいた。

「まったく、悪運にとりつかれてしまった。そう！　そのとおり。私はこの言葉をヒンメルブラウ夫人に言った。バーで、ヒンメルブラウ氏が戸口に現れる少し前に。そう。『飲まなかっただろうね？』と。昨日の供述の際、この言葉に意味があるとは思わなかった。ヒンメルブラウ殺害にも、私が夜にダンバートンへ行ったことにも関係がないから。この言葉を持ち出しても、すでに私に向けられている疑いに新たな根拠をつけ加えるだけだ。そう言ったことは認めるが、その理由は、夜の外出の目的と同様に、言えません」

船長の言葉に、ビッグスと、グレイロップと、カウチは、驚いた顔をした。トランキル氏だけが眉一つ動かさず、船長の顔にどんな表情が浮かぶか注意深く見つめている。ヒンメルブラウ夫人はといえば、トランキル氏だけを見ている。明らかに、頼りにできるのはこの小男だけだと思っているのだ。

そのとき、トランキル氏が口を開いた。「グレイロップ署長、この『飲まなかっただろうね？』という問いこそ、船長が毒を盛らなかった何よりの証拠だとは思いませんか？　私が思うに、この言葉は船長に不利どころか、その潔白を反論の余地なく証明するものです。実際、もし船長が毒のことを考えていたら、こんな質問をするはずがありません。青酸カリはふつう、飲めばたちどころに効き目を現します。即効性で知られる毒ですから。ヒンメルブラウ夫人がちゃんと生きていたことが、青酸カリを飲まなかった何よりの証拠であります。したがって、船長が言いたかったのは毒以外のことでしょう。そうでなければ『飲むな』と言うはずですし……」

トランキル氏の論理づけに説得力があったため、ビッグスも彼の言い分を認め、こう言った。

「では、誰がメモを書いたのでしょう？」

「そのとき船にいた者の一人に違いありません。バーの近くにいた人でしょう」

カウチが妙にそわそわし始めた。

「士官居住区の中央で」とビッグスが手帳を見ながら言う。「カウチ先生がヒンメルブラウと話していました。配膳室にはトビー・グースがいました。そして、バーにはヒンメルブラウ夫人。グレゴリーは、士官居住区からはだいぶ離れていました」

「ヒンメルブラウは亡くなった」とグレイロップが続ける。「カウチは船長のその言葉を聞いていないと言明している。そもそも、私が〈メリー・ハイランダー〉でメモを受け取ったとき、彼は私と一緒だった。メモを持って来た少年は、クイーンズ・ロードで知らない人から頼まれたそうだ。グースは字が読めないうえに耳も遠いし、そもそも配膳室にいた。士官居住区の中央にいたカウチに聞こえなかったのだから、配膳室にいるグースに聞こえるはずがない。残るのはヒンメルブラウ夫人だけ。しかし、それはあり得ない。だいたい、専門家がこれは女性の筆跡ではないと断言している。メモを書いたのは男性で、しかも教養があり、ペンを使い慣れた人だろうということだ」

「ごもっとも！」トランキル氏も差出人不明のメモを見て同意する。「つけ加えさせていただければ、法律か科学を生業とする人物と言えそうです。弁護士、あるいは医師。弁護士も医師も、ほとんど判読不能な文字を書くことで知られております。これをご覧下さい、ビッグス警部」

ビッグスが同意すると、カウチが怒りで真っ赤になって叫ぶ。

「馬鹿馬鹿しい！　どうして、私がこのメモを書いたかのように言うのかね？　私は何も聞いていないと断言する。それに、たとえば古文書管理人の筆跡という可能性だって大いにあるのじゃないかね」

「確かに、古文書管理人が書いたということもあり得ます」トランキル氏は愛想よく言う。「しかし、私はその日、アルデバラン号に乗っておりませんでした。いっぽう、先生、あなたは乗っておられた。そして、厄介なことに、このメモを書くことができたのは、あなただけのように見えることです。ところで、このメモに書かれていることに利害関係があるのは、誰でしょう？　得をする者がやった、という昔ながらの素朴な言い習わしもございます。このメモによって得をする者はただ一人、犯人です。興味深い巡り合わせですな。容疑をかわすために書かれたメモに利害関係があるのはただ一人、殺人犯だけ。メモを書くことができたのはただ一人、カウチ先生だけ。けれども、カウチ先生、ご安心ください」太った医師が身体をびくつかせていることは気にも留めず、トランキル氏が言う。「私は、先生が殺人犯だとほのめかすつもりはございません。先生がメモを書いたとほのめかしてもおりません。むしろ、メモを書いたのは先生ではないと思っております。先生の筆跡はすでに拝見しましたし、それ以外にも二つの理由により、この紙切れの伝言に先生が関わっていないと考えます。それにしても、この些細な出来事から、うわべだけを見て推論しないよう用心すべきだということがおわかりでしょう。これまでのところ、うわべだけ見れば、ロデリック卿が殺人犯のように見えます。先生は、その見方にあまりに偏りすぎていました。カウチ先生、あなたはあまりに性急に意見を固めてしまった。手帳に容疑者のリストを書きたいという誘惑に屈したのです。そして、四つの名を抹消しました。それから、ある名前の脇に容疑者の印をつけました。おそらく、もう包囲陣を作り上げ、他の意見には耳を貸さないのでしょう？　独り合点し、他の名は消していいと考えた。そして、最後の名前だけを残した。船長の名です。悪いことは言いません。もう探偵ごっこはおやめなさい。先生は、ご専門の分野の名医でいらっしゃるに違いありません。でも、探偵の仕事に特に向いているようにはお見受けしません。たとえ腕利きの探偵が知恵の限りを尽くしたとしても、うわべだけを見て罠にはまってしまうことがままあります。はなはだしい偽りほど、得てして見破るのが難しいのです」

こんこんと説教をして気が済んだのか、トランキル氏は一転して、純朴さと抜け目のなさを併せ持ついつもの表情を取り戻した。そんなつかみどころのなさが、彼の魅力とも言える。

ビッグスは、このフランス人があまりにも露骨に捜査の主導権を握っていると感じたらしく、しかめ面をした。

カウチはフランス人の説諭を素直に受け入れて言った。

「私が間違っていました。探偵を気取るなんて、いい年をして馬鹿なことをしたものだ。ロデリック卿、疑って申し訳なかった」

そう言うと、医師は手帳を取り出して例のリストのページを破り取った。

「どういたしまして、先生」と船長が言う。「結局、私はここにいる皆に疑われても仕方がありませんから」

Ⅵ　見えない殺人犯

「匿名の手紙を書いたのが誰であれ、もっと大事なバーの問題が残っています」とグレイロップが言った。「殺人犯は、どうやって七人の目を盗んで動き回れたのでしょう？」

「その人物が誰にも見られずにバーに入ってそこから出た方法については、心当たりがございます」とトランキル氏が穏やかに言う。「殺人犯が見られていないという謎は不可思議ですが、真相はごく単純です。バーへ行ってみれば、もっと詳しくお話できるでしょう」

ビッグスが小馬鹿にしたように肩をすくめる。あそこからは何も見つからなかったのだから、無益な捜索にこだわって何になるというのだ？

一行がバーへ向かって甲板を歩いていると、見習い水夫ウロホのまだあどけない声がした。口ずさんでいるのは、キプリングの郷愁を誘う詩句だ。

――マンダレー航路ではトビウオたちが跳ね回り
　湾の上には中国の方角から陽が昇る
　雷鳴のような音と共に……

トランキル氏は狭いバーの内部をゆっくりと見て回り、すぐに言った。

「このバーには何の仕掛けもございません。秘密の抜け道など、どこにもありません。幸いなことです。その結果、われわれは今、殺人犯はこの船の関係者に違いないと考えざるを得ませんから。つまり、ロデリック卿の周囲にいる人物、アルデバラン号の日常に密接に関わっている人物が、確実な方法と心理的策略の両方を利用して、犯行に及んだということです。いずれ、今はまだ手に入らない手がかりが得られたときに、はっきりと説明いたします。いいですか、おそらくその人物は陰で糸を引くことができたに違いありません。ですから、遅かれ早かれ、その人物を見つけることができるでしょう。アルデバラン号の関係者なのですから、逃亡することはあり得ません。逃亡したら、それが何よりの自白になります」

「でも、グレゴリーはまんまと逃げたではありませんか！」グレイロップが口を挟む。

「ビッグス警部が明らかにしてくださったとおり、グレゴリーは毒を入れることはできませんでしたし、私の知る限り、アルデバラン号の関係者でもありません」

グレイロップは食い下がる。「心理的策略とおっしゃいましたね、トランキルさん。私は、抽象的な推理はしないことにしています。そうしたくなる誘惑があまりに多いからです。人生には、厳密な論理の筋道に沿わない微妙な事柄が多々あります。それなのに、トランキルさん、あなたは論理を振りかざし過ぎでは？　人間は企みや隠蔽の才に長け、論理を欺くのが常ではありませんか？　私は非論理性に基づいて推理することがありますし、非論理性のほうが論理性よりも理にかなっているという経験もしてきました」

トランキル氏が言い返す。「それなら、署長の言う論理は偽りの論理に過ぎなかったのです。小生が思うに、人間は論理の前には無力で、その法則から外れることはできません。数字の組み合わせが数学の法則からけっして自由になれないのと同じです。それなのに、人はしばしば、論理に逆らって考えようとする。その矛盾こそ、いかんともしがたい運命であり、予測可能なものです。人は運命の罠から逃れることはできません。スフィンクスの謎を解いたオイディプスのように、人間の秘密を見抜き、その秘密に基づいて論理的に考えるのが、秘訣です。世界一の探偵とは、記憶と推理の天才と呼ばれるにふさわしい人のことでしょう」

そう語りながら、トランキル氏は舷窓の閉まり具合を確かめ、カウンターの上にある数本の瓶を動かしてみる。それから絨毯のあちらこちらをひとしきり調べた。ビッグスが捨てたストローの袋を集め、また捨てた。何か気になるようだ。突然、バーの中を大股で歩き始め、同じ歩幅で歩きながら歩数を声に出して数え、部屋の奥行と幅を測る。同様にカウンターからドアまでを、それから、カウンターから舷窓までを測る。そして、カウンターからテーブルまでを測り、絨毯から舷窓までの高さも測った。その後は複雑な計算に没頭しているらしかったが、顔を上げるとこう言った。

「バーには見るべきものがありませんね。目についた所は調べました。それでも、まだわかりません……」トランキル氏は士官居住区の部屋を一つずつ指して、ロデリック卿に確認した。「ここが配膳室ですね、船長？　そして、こちらがあなたの部屋、それに食堂、あちらが客間ですね」

「そのとおりです」

トランキル氏はビッグス警部に同行を促し、それぞれの部屋を見て回った。手短な検分だった。配膳室と船長の部屋を見ていた時間が、食堂よりも少し長かった。

客間へ向かう時点でも、二人はまだ何も見つけていないようだった……。船長はトランキル氏に、ビッグスにしたのと同じ説明をした。

「この客間は昔、伯父が改装しました。アラン・ナイト卿は大の蝶愛好家でしてね。この部屋にコレクションをまとめて置いたのです。今でもきちんと整理して戸棚に収納してあります。ちなみに、この客間に入ってくるのは見習いのウロホだけで、掃除と空気の入れ替えをさせています」

ロデリック卿の話を聴くトランキル氏の表情からは、並々ならぬ興味がうかがえる。

「何もかも、伯父が置いたとおりの場所にあります。私は家具に埃がかからないよう、布のカバーを何枚か掛けただけです」

トランキル氏は何か思いついたらしく、目を輝かせ、言葉を選びながら言った。

「つまり、伯父様は蝶を収集なさっていたのですね？　ナイト卿の標本を拝見できたら嬉しいのですが」

船長の話は本当だった。トランキル氏には、客間を一目見ただけでそれがわかった。低くどっしりした古めかしい形の肘掛け椅子が三脚、楕円形のテーブルが一つ、そして、コーナー用家具が二つの隅に置いてある。それらすべてと、壁にかけられた絵画までが灰色の布で覆われ、その布は時の経過を物語るかのように、少々色あせている。一方の壁にはいくつもの戸棚が取りつけられている。中央のテーブルの上に小型のガラスケースが載っている。このケースの上にも、時が細かな灰を落としている。赤と金色の翅《はね》がガラス越しに放つ鈍い光は、珍奇な財宝のかすかな輝きさながらだ。舷窓の手前に掛けられた厚い日除けのせいで薄暗い室内が、今は開いた戸口から四角く差し込む光に照らされている。ロデリック卿がぜんまいを動かして、日除けを巻き上げる。すると、使われていない客間に陽光があふれた。

「伯父は私と同様に人づき合いが苦手でしたが、その理由は違っていました。トランキルさんならよくご存じのように、深い喜びほど密やかなものです。また、情熱に取り憑かれた人間は、どうしても孤立しがちです――少なくとも精神的に。多くの場合、実生活でも。アラン・ナイト卿はほぼこの客間だけで生活していました。ここで、寡黙な人生のなかでも最も激しい感情を味わっていたに違いありません――コルクにピンで留められた色とりどりの蝶たちの上に身を屈め、どんな高価な宝石よりも貴いかすかな輝きを愛でながら。伯父の許に死の天使が訪れたのも、ここでした。その訪れは、不思議なくらい静かなものでした。きっと天使も、年老いた伯父の肩に触れる前に、スズメガの見事な標本の上に屈み込んだのでしょう。標本がまったく無傷で伯父の指の間にあるのを、グース爺さんが発見しました。グースは、食事の時間を告げるチャイムをもう三度も鳴らしたと言いに来たのです。あれからもう三年以上が経ちました。このスズメガの標本をご覧下さい。脆い翅が、フロリダの陽光の下で捕えられたときと変わらない光を放っています」

ロデリック卿の話しぶりは愁いに満ちていた。だが、トランキル氏はこう応じた。

「蝶ですか……蝶……。いやはや！　私もこれまでに何人か、蝶の愛好家を知っております。皆、夢想家で、繊細な心を持ち、一言で言えば詩人でしたな……」

「トランキルさん、言っておきますが、この客間はもう私が調べました。何も見つかりませんでしたよ」

そう言うビッグスに、トランキル氏は思わず言い返した。「おやおや！　警部さん。やる気満々の人間の意気をそぐものではありませんぞ……」

客間の中央に置かれた埃だらけのケースの中で、アラン・ナイト卿が最後にここで愛でた鱗翅目の昆虫たちの翅が鈍く光る。年老いたナイト卿が死に際に、このうえなく優しく心を込めて手入れをした標本だ。

蝶は不思議な生きものだ。小さなものは幅七センチメートルにも満たないのに、大きいものになると三十センチメートルにも達することを考えても、実に興味深い。子供時代にルーペを通してスズメバチやコガネムシといった昆虫の観察を楽しんだ人は皆、その不思議な姿を覚えている。よく晴れた夏の日、翼の生えた花のように池の上を飛び回るトンボの優美さを私たちは称賛するが、拡大してみれば、恐ろしい蜘蛛と同じくらい気味悪く見えるのではないか？　可愛いキリギリスも、百倍に拡大して見れば、黙示録の馬（死を象徴する）のように恐怖を呼び起こすのではないか？

ヒンメルブラウ夫人がそんなことを考えている間に、トランキル氏はまったく違う考えに囚われていた。ブラジルの森のツバメガ、マダガスカルのモルフォチョウ（原文ママ。モルフォチョウの生息地は中南米）、ペルシアのマダラチョウ、ヒマラヤのアポロチョウ、ニューギニアのルリモンアゲハ、そして、中央に、ナイト卿が急逝したとき、手の中にあったスズメガ《スフィンクス》（スズメガはフランス語でsphinx〔スフィンクス〕）。スフィンクスという名は、まさに沈黙と謎の象徴だ……。蝶たちの脆いミイラは、フランス人探偵にどんな秘密を明かしてくれるのだろう？

想像してみてほしい。埃っぽい客間の薄暗い舷窓の向こうにひたひたと押し寄せるクライド湾の波を。長いこと使われていない部屋に特有の匂いを。身じろぎもしない三人の男性と一人の女性の視線をものともせずに、もう一人の男が、蝶の箱の上にうずくまっている様子を。

音を吸収する分厚い絨毯の上で、もの言わぬ人間たちの一人が時おり幽霊のように身動きすると、別の幽霊、すなわち古めかしい服を着たナイト卿の幽霊が苛立ち、この野次馬のような闖入者たちの周りをさまようのではないかと思えてくる。

　トランキル氏はようやく顔を上げた。

「そちらの戸棚には、ナイト卿のコレクションと、蝶に関係する用具が収められているのでしょうね？」

「そのとおりです。ご覧になりますか？」

「すべて、一つ残らず拝見しましょう。引出しも全部、開けて見せてください」トランキル氏はそう言うと、素早くナイト卿のコレクションを検分した。「故人は実に几帳面な方だったのですな！」

　大きなラベルに、学名が記されている。

　戸棚の一つに、ナイト卿の使っていた用具一式が入っていた。長いピンが詰まった箱、糊の容器、コルクのプレート、展翅《てんし》板、網、さまざまな小瓶、専用の広口瓶、注射器、その他数えきれない細々した品々。

　トランキル氏はどこもかしこも綿密に調べた。あらゆる箱を開け、どんな小さな片隅もおろそかにせず、めったに使わないものをしまう棚の板も一枚一枚見ていく。

　ビッグスとグレイロップは、トランキル氏の捜索を半ばいぶかりながらも興味深く目で追った。この探偵の勘を大いに認めつつ、二人とも心の中では、時間の無駄でまったくの骨折り損だと考えていた。ただ一人、ヒンメルブラウ夫人だけは、トランキル氏のごくわずかな動きや頭の傾げ方まで、注視とさえ言えるほど熱心に見守っていた。トランキル氏はやがて、きめ細かい調査が十分にできたと判断し、ハンカチで袖口の埃を払いながら言った。

「船長、一つお尋ねします。伯父様の時代から、よくこの船に乗っていましたか？」

「いいえ、めったに乗りませんでした。私は当時キュナード・ライン（イギリスの名門海運会社）の船に乗務し、休暇はほとんど遠い外国で過ごしていましたから。ナイト卿もよく旅に出ていました、いつも蝶が目当てで。それでも、伯父と私は互いに強い絆で結ばれていた。よく手紙をやり取りし、気持ちが通じ合っていました」

「乗組員は今と同じ顔ぶれでしたか？」

「大体同じです。ただ、ヘルピンコットという男が二カ月前に結婚して船を下り、代わりの火夫としてモーセ・エイントリーが入りました。それから、見習い水夫がいなかったので、私が若いウロホを雇ったのです」

「わかりました。ウロホに尋ねましょう」

やって来た見習い水夫は十四歳の少年で、顔はそばかすだらけだ。厳めしい肩書の大人たちを前にしても臆するところがないので、一同は好感を持った。

「さて、ウロホ君。士官居住区の掃除を担当しているのは君だね？」

「はい、そうです。毎朝、ほうきで掃いています」

「なるほど！　昨日の朝、バーをほうきで掃いて客間のほこりを払ったのかな？　ここはまだ埃だらけだよ！」

「はい、掃きました！」少年はうろたえもせずに答えた。「昨日の朝、八時半にバーをほうきで掃きました。今朝は、掃除ができませんでした。鍵がかかっていたからです。この客間は、一カ月に一度、埃を払い、ほうきで掃きます。ここには誰も入ってきません」

少年を帰すと、トランキル氏は船長に言った。

「船長は昨日、午前八時半から十時までの間に、バーに入って何か飲んだりしましたか？」

「いいえ。その間には一度もバーに入りませんでした。他にも、入った者はいません」

トランキル氏は満足げに手をこすり合わせた。

「アルデバラン号からわかることは、すべてわかったようです。少なくとも今日のところは」

「どうやら収穫があったようですね」ビッグスがからかうように言う。「ご満足ですか？　あの古い瓶や箱をいじくり回して、探し物は見つかりましたか？」

「警部さん、実のところ、見つけていません」とトランキル氏が答える。「とは言え、まさにそのおかげで喜んでおります。なぜなら、いいですか、もしそれが見つかったら、がっかりしたでしょうから」

ビッグス警部はやれやれと言いたげに頭を振る。まったく、思わせぶりはいい加減にしてほしい。トランキル氏は、ビッグスの知らないどんなことを知っているというのか？　このフランス人も他の面々と同じように、深い闇の中を堂々巡りしていたくせに。自分の評判を落とさないために、ただ時間稼ぎをしているのだろう。

そのとき、はしごの所で足音がした。

「おや！　バトラーじゃないか！」

バトラー巡査がモーセ・エイントリーに案内されて下りてきた。グレイロップに鑑識課から報告書をことづかってきたのだ。グレイロップは報告書に目を走らせると、トランキル氏とビッグス警部を脇に呼んだ。

「トランキルさん、脱帽です。あなたの見立てどおりでした。メイスから採取した指紋はグレゴリーのものでした。したがって、あの古物商が最初に凶器を手にしたのです。やはり彼が攻撃したようです。手袋をしていたと思われる人物は抵抗したのだということになりますな。でも、その手袋の人物はグレゴリーの店に何の用があったのでしょう?」

「それに」とビッグスが口を開く。「ロデリック船長は、古物商殺害から十五分後に、ボートで何をしていたのでしょう?」

トランキル氏が頭を振る。この混沌とした事件がはらむ多くの謎に、また一つ不可解な点が加わった。それらの謎が一つでも解けるときが来れば、他の謎も解明されるのかもしれない。

Ⅶ　トランキル氏、事件の再現を求める

　トランキル氏が感じていたのと同じことを、船長も感じていたかもしれない。けれども、船長は謎の数々が永久に解明されないような気がして、希望をなくし始めていた。今のところ、疑惑はすべて船長に向けられ、嫌疑を晴らすような発見は一つもない。二日連続して厄介事があり、疲れを癒す眠りがまったく訪れなかった一夜のせいで、船長はやつれた顔をし、疲労のために気弱な言葉を吐いた。

「どう見ても私が不利だ、グレイロップ。それはわかっている。ぐずぐずせずに逮捕したらどうだい？　片をつけようじゃないか」

　あまりに勢い込んで話したせいで、船長はひどい咳の発作に襲われた。ヒンメルブラウ夫人に再び視線を向けたとき、彼の顔は憔悴しきって、見る影もなかった。

「どう見てもあなたが不利というわけではありません、船長」トランキル氏が熱心に説く。「あなたが最も疑わしいと思われたことの一つが、逆にあなたの潔白の証明に他ならないことを、私が今さっき明らかにしたではありませんか。そのついでに、ヒンメルブラウ夫人と共にバーの場面を再現してくださいませんか？」

「ええ、喜んで」

　トランキル氏はもうバーへ戻っていた。

「カウチ先生にヒンメルブラウ氏の役をお願いしましょう」とトランキル氏が言う。「奥さんもロデリック船長も、最初に飲み物を飲んだときと寸分違わぬ位置に着いてください」

三人は言われるままに、この再現実験に加わった。トランキル氏は、今度は熱心な写真家が被写体の最高のポーズを求めるように、彼らの周りを動き回っている……。そして、ようやく満足したらしく、自らカウンターの内側へ入り、再現が始まった。

一同はまず、最初の一口を飲む。三人がバーを出ていく。それから、ヒンメルブラウ夫人が一人でカウンターへ戻る。ごくわずかな間がある。

「さて……、ご自分のグラスを取っていただけますか、奥さん」トランキル氏が優しく言う。

ヒンメルブラウ夫人がトランキル氏を見て、片手で自分のグラスを持ち上げるが、気持ちが高ぶって手が震えている。

「飲まなかっただろうね、ロール」

再び発せられたその言葉は、謎めいて狭い室内に響いた。夫人は首を横に振り、答えようとした。

「ありがとうございました！　もう結構です」と、突然、トランキル氏が口を挟む。

夫人はグラスを置きながら、思わずトランキル氏を見る。トランキル氏はにっこり笑った。船長も、二歩ほど離れた所からその笑みを見た。

この実験にどんな重要な意味があるのか。ビッグスにも、グレイロップにも、もちろんカウチ医師にも、まったく見当がつかなかった。

トランキル氏がポケットからブリキの缶を取り出し、安葉巻のニナスを一同に勧めると、誰もあえて断りはしなかった。トランキル氏は下を向き、じっと考え込む。ニナスは両唇にほとんど挟まれずに垂れ下がり、細い煙を一筋立ちのぼらせている。

「どうやらトランキルさんの捜査は終わったようですね」ビッグスがしびれを切らし、出し抜けに言った。「もう甲板に戻ってもいいでしょう」

「はい」とトランキル氏は低い声で答えた。「甲板へ戻りましょう」

「さあ！　行くぞ、バトラー……」ビッグス警部は部下を促して甲板へ向かうと、すぐに声を上げた。「おや！　君、まだここにいたのか！　誰がここにいていいと言った？　君の興味を引くようなものは何もないよ。頼むからどいてくれないか」

ビッグスがこう言った相手は、ユダヤ人火夫モーセ・エイントリーだった。バーの場面を見ていたが、誰も彼がそこにいることに気づかなかったのだ。何食わぬ顔をして、再現実験を興味津々で見ていたらしい。エイントリーは無言で立ち去った。その後に続いて、ビッグス警部、バトラー巡査、カウチ医師、ヒンメルブラウ夫人の順ではしごを上がっていく。ロデリック卿ははしごの下でぼんやりしている……。

いっぽう、バーではトランキル氏が顔を上げていた。その顔はどこか悲しげだ。

「どうしたのですか?」グレイロップが尋ねる。

だが、謎マニアは答えない。

グレイロップ署長、ロデリック卿、トランキル氏も甲板へ上がった……。考えに耽るあまり、トランキル氏は甲板へ通じる鉄のはしご段の上でつまずいた。船長につかまらなかったら、転げ落ちていたに違いない。

「この事件の背景には何か痛ましいことがありますよ、署長。犯罪とは別の何かです」

その時分は満ち潮で、海の絶え間なくむせび泣く声は弱々しい。海を眺める小柄なフランス人のシルエットはもはや不恰好ではない。着古したフロックコートも、古びた平たい帽子も、漫画じみた口髭も、滑稽には見えなかった。

ロデリック卿は沖のほうを向き、遠くを見るような目で、いつ果てるともない潮騒に耳を傾ける。

「海がお好きなのですね、船長……」

「ああ、トランキルさん。海は私の人生そのものです」

感情の高まりを抑えるためか、それを見せないためか、船長はロッキングチェアの脇のテーブルに葉巻を置き、靴ひもを結び直し始めた。トランキル氏もつられて葉巻を置き、船長を船縁のほうへ誘う。二人はしばらく何も語らず、くっきりと見える海岸線を目で追った。テーブルへ戻ると、トランキル氏はニナスのほうへ手を伸ばしたが、船長にこう言われた。

「お願いですから……その葉巻はやめてください。質の悪い煙草を吸うことはありません。味覚が鈍ります。このハバナ葉巻をどうぞ」

二人は紡錘形の高級葉巻に慎重に火をつけ、微笑んだ。互いの間に不意に芽生えた深い感情を表すことができるのは沈黙だけだと知り、口元をほころばせたのだ。

警部たちを乗せてきたボートはアルデバラン号の船体に横付けされ、波に任せて上下に揺れている。ヒンメルブラウ夫人、カウチ、グレイロップ、ビッグス、バトラーはすでにボートに乗り込んでいる。

「さようなら、ロデリック卿」

短い別れの言葉に、船長はこみ上げるものを感じて動揺した。

ゆっくりと桟橋に近づくボートの上で、トランキル氏は黙りこくっている。グレイロップやカウチが何か尋ねても、渋々答えるだけだ。

「それより、ロデリック卿について話してくださいませんか、署長？　ああいう方はなかなかいませんね、独特の魅力があって。どこでお知り合いに？」

「古い友人です。戦争の頃からのね。初めて会ったのはイゼール川（フランス北部の川。第一次世界大戦中に流域で戦闘があった）近辺でした。そして、半年前に思いがけなくここで再会したのです」

グレイロップはロデリック卿がダンバートンの停泊地に現れたこと、それから人が変わったようになり、それ以来、アルデバラン号で孤独な生活を送っていることを手短に説明した。

桟橋に着いた。解散する時間だ。並んで歩くトランキル氏に、グレイロップが尋ねる。

「ところで、ヒンメルブラウ氏殺害の動機ははっきりしましたか？」

「ああ！　そのことですね。ビッグス君は『情痴犯罪』の一言で片付けました。しかし、そうだとすれば、ロデリック卿かヒンメルブラウ夫人の有罪を認めざるを得ません。その仮説は却下しましょう。すると、残る可能性は？」

グレイロップ署長が答えた。「私は絶対に、そんなことが動機ではないと思います。ただ、動機のない殺人はありません。おそらく、ヒンメルブラウの身辺を探れば、何かわかるでしょう」

「何もわからないでしょう」とトランキル氏が切り返す。「それでも、署長がおっしゃったとおり、動機のない殺人はありません。私は考えに考えました。問題をあらゆる角度から検討したのです。その結果、ヒンメルブラウ殺害には何の動機もないという結論に達しました。それで展望らしきものが開けるのでは？」

ヒンメルブラウ夫人が近寄ってきたので、トランキル氏はホテルまで送りましょうと申し出て、夫人も同意した。歩きながら、トランキル氏は顔を上げ、小さな公園の木々の上に黄色がかった月を見た。こわれやすい水晶球そっくりだ。二人ともしばし月を見つめ、そして、同時に微笑んだ。

「トランキルさん、きっと私と同じことを考えていらっしゃるのね」

「さあ！　お月様が駄洒落を言いますよ！」トランキル氏が月を指さして言う。

実際、陳腐な冗談を言おうとするときのカウチの丸々とした顔は、満月を思わせた。

「トランキルさんはテレパシーを信じていらっしゃる？」

「信じたくなる例には事欠きません」

「私は信じていますわ。考えが通じることがあると、信じます。馬鹿げていると思いながらも、ありとあらゆる迷信を信じているんです」

まさにそのとき、黒猫が目の前を横切ったので、トランキル氏が指さして言った。

「幸運のしるしでは？（黒猫が目の前を通るのは、フランスでは凶兆、イギリスの一部では吉兆とされる）」

ヒンメルブラウ夫人は首を傾げて微笑む。

「奥さんには尋ねていませんでしたね。なぜ船長が『飲まなかっただろうね？』という奇妙な質問をしたか。それについては、船の上で理由がわかりました。それに、あなたがバーに戻って来たわけも、たった今、わかりましたよ。黒猫はやはり幸運の使いです！　さあ、ホテルに着きました。別れ際に吉兆があって何よりでした」

小刻みな足運びで、トランキル氏は灰色の空気の中へと消えていく。霧が立ちこめる最初の気配が、薄い綿のように漂っていた。

第三部　ハイランドにて

I　ビッグスのママの考え

ビッグスは靴を部屋の片隅に乱暴に脱ぎ捨てた。母親が片手にティーポット、片手にご自慢のチェリーパイを載せた皿を持って入って来たが、部屋の真ん中であきれて立ち止まる。何か悩みでもあるのだろうか。もちろん、心ここにあらずという様子の息子を見るのは初めてではない。（ジェイムズったら、おかしな仕事を選んだものだわ。刑事って、訳のわからないことで頭がいっぱいだもの。いろんな考えが頭の中をぐるぐる駆け巡って、子供みたいに上の空で、物にぶつかったり、つまずいたり、食べているものを見もせずに口だけ動かしていたり――消化に悪いでしょうに！　母親の話に耳も貸さず、聞いていても頓珍漢な返事をしては、まるでお月様から落っこちてきたか、寝ているところを叩き起こされたみたいに驚いた顔をするんだから）

年老いた母親はテーブルにティーポットとチェリーパイを置くと、無意識にエプロンで指先を拭く。しかし、その指は風呂上がりの貴婦人のごとく清潔だ。それから、今は暖かいスリッパに足を入れている大きな男の子の髪の毛を、片手で梳いた。

「さあ、ジェイムズや、お上がり」

男が年を重ね、頬髭や口髭を生やし、腹が出て、社会で要職に就き、尊敬を集めても、母親にとってはいつまでも小さな男の子なのだ。優しく頼りない物腰で頬を震わせる憐れな老母は、ときに心を痛めながらも、立派に成長した愛しい息子の悩みをありがたがっているのかもしれない。悩みを抱える男たちはしばし子供に返って、母親の甘やかしと慰めに身を委ねたがるものだから。

「おやまあ、ジェイムズったら！　またあのアルデバラン号の事件のこと？」

「うん。というより、問題はむしろトランキル氏だ。あいつはしゃべりまくって、笑って、動き回り、古い瓶をいじくったり、手を擦り合わせたり、十スー硬貨を拾ったり、思わせぶりなことばかりする。だから、皆があいつのやることに注目する。グレイロップ署長まで、あいつの言うことを一言残らず、まるで神様のお告げみたいに大真面目に受け止めるんだ。この事件では、僕はまるでダメ刑事の役を振られているみたいさ。だけど、今に見てろよ。事件の鍵は、あの古道具屋にある。僕がそれを見つけてみせる」

ジェイムズがまた「仕事熱」に取り憑かれているのを見て、ビッグス夫人は湯気の立つ紅茶を急いでカップに注ぎ、息子の熱を冷ますにはこれが一番とばかりに、パイを大きく切り取って口に入れてやる。

一瞬、もうアルデバラン号も、ロデリック卿も、トランキル氏もどうでもよくなった。紅茶の湯気と芳香が部屋を満たす。暖炉では薪がパチパチと楽しげな音を立てている。燠の傍で、灰と見分けがつかない色の猫がゴロゴロと喉を鳴らす。部屋の中は暖かい。外は冷え込んでいるだろう。霧も出てきた。道行く人は着膨れて鼻を赤くし、ここと同じように暖かくて明るいわが家を目指して、霧の中を急いでいるだろう。

「やっぱりわが家はいいわねえ。そう思わない、ジェイムズ？」

いつだって、ママの考えは正しい。

何時間も後のこと。プリンスィズ・ホテル十四号室は、夜も更けたというのに煌々と灯がともっている。テーブルの前に男が一人、座っている。トランキル氏だ。平たい帽子も、薄いコートも身に着けたままである。部屋に帰ったときの恰好のまま座り込み、くつろぐ気にもならないのだ。身じろぎもせずに、テーブルの上に広げたハンカチを見つめる……。血のついたハンカチ。

ふと一枚の紙をつかんで、書き始めた。

グレゴリー……。

Ⅱ　モーセ・エイントリーの失踪

翌日は何もなく過ぎたものの、翌々日には、少なくとも尋常でない出来事があった。午後一時頃、アルデバラン号のユダヤ人火夫モーセ・エイントリーがいなくなったのだ。エイントリーは、バーの再現実験を覗いていた船員だ。正午頃、当直を終えた彼はすぐに陸へ上がった。街で昼食をとるつもりだと言っていた。実際に昼食をとっており、そのレストランは簡単に見つかった。それから自転車店へ行って、自転車を一台借りた――数時間の予定で。そして、北へ向かって走り去るところを目撃されている。ビッグスが入手できた情報は、そこまでだった。四時になっても、モーセ・エイントリーは船に帰らなかった。日が暮れても、彼の姿は見えなかった。夜の間にも、戻ってこなかった。

翌日も、ビッグスは例によってすこぶる熱心に、グレイロップ署長とトランキル氏と共に、北へ向かういくつかの街道で、姿を消したエイントリーの捜索を再開した。新たな証言も得られたものの、それらは最初に得た情報を裏付けただけだ。モーセ・エイントリーは確かに北へ向かい、市門を出て、ダンバートンから三キロメートル余りの所で目撃されていた。宿屋の食堂で一杯引っ掛けてから、勇躍ハイランド方面へ向かった。彼の足跡はそこで途絶えている。

帰り道で、グレイロップがカウチ宅で一休みしようと提案した。医師の家が市門の近くにあることを思い出したのだ。玄関先には「庭におります」との貼り紙がある。勝手を知ったグレイロップが家の裏手へ回り、木の扉の掛け金を持ち上げる。三人は庭へ入っていった。

「やあ、カウチ！」とグレイロップ署長が声をかける。医師はしきりと庭師に指示をしている。庭師は大きな帽子をかぶり、花壇の中央で手押し車に腰を掛けている。

友人たちを見てカウチが立ち上がり、干上がった草をつかんで嬉しそうに振りかざした。

「こいつは助かりそうだよ！」目を輝かせ、自信満々だ。

「何だい、それは？」

「何って、可愛いヒヤシンスさ！　掘り上げて温室に移し、あとには菊を植えようって寸法だ」

この幸せ者は、庭の手入れが生き甲斐なのだ。彼の丸々したえびす顔は、見ているほうも心が和む。

「貼り紙を見ただろう。あれを診察室のドアに貼るのは、いつもは女中の仕事だがね。今日は自分でやったよ。一日、暇を取らせたんだ。さあ、中へ入って何か飲もう」

ドアを閉めながら、カウチが振り返る。

「おおい！」腰を屈めて土をいじる老庭師にカウチが声をかけた。「丁寧にやってくれよ。どっちみち一日じゃ終わらない、二日がかりの仕事なんだから……」そして、「あれはピットさ」と三人に言った。

「ピット爺さん？　市の庭師の？」

「そうとも！　何といっても、名人に頼んでおけば間違いないからね。仕事は速くないが、腕は確かだ。それに、のみを持たせても素晴らしい作品を作る。ぜひ見ていってくれたまえ！」

「それはまた今度にしよう。今はちょっと忙しい。ニュースは知っているかい？」

「知っている。いなくなったそうだね、アルデバラン号の火夫が。もちろん、私は口を出しませんよ、探偵じゃないから！　だが、あの男がアルデバラン号の事件に関わっていたと考えるのは、ちょっとやり過ぎのような気がしないかい？　女に会いに行ったとか、何か事情があるのかもしれない。忘れた頃にひょっこり戻って来るんじゃないのか。いや、もちろん、当てずっぽうだが……」

しばらくの間、こんな調子で会話が交わされた。カウチは何も目撃していなかった。前日には町からかなり離れた所へ往診に行っていたという。それに、医師は明らかに、このような会話はおざなりに聞き流していた。おそらく、船上でトランキル氏から説教されたことがまだこたえているのだろう。探偵ごっこはきっぱりとやめたらしい。客たちを送り出すと、ほっとして再び庭へ出て、大切なヒヤシンスの植え替えに立ち会った。

それにしても、ユダヤ人火夫はどうなったのか？　事故や暴力沙汰の可能性はなさそうだ。死んでいるにしても生きているにしても、モーセ・エイントリーはいずれ見つかるはずだ。犯罪に巻き込まれたという推理も却下された。金の持ち合わせもなさそうな屈強な船員を襲う人間はまずいないだろう。それならば、逃亡したのか？　痕跡を残さずに消えたい人間にとって、自転車は理想的な移動手段である。鉄道は、駅で検問があるから危険だ。自動車とバイクはエンジン音がうるさいので見つかって通報されやすいし、停車中に隠すのにも不便だ。さらに、どうしてもガソリンを購入する必要があり、それによって足がつきやすい。逆に自転車は、速度が限られているとは言え、徒歩の四倍の速さで走れるから、移動手段として有利だ。音も出ない。大きな故障さえなければ、商人とかかわり合う危険を冒さなくていい。どんな抜け道でも走れるから、幹線道路を避けられる。それに、自転車なら、手近な茂みにすぐに隠すことができる。

またもや、アルデバラン号事件がらみで自転車が登場した。そして、ビッグスも、グレイロップ署長と同じく、トランキル氏の言葉を思い出していた。「逃亡したら、それが何よりの自白になります」

自転車を乗り捨てた正体不明の男はアルデバラン号の事件に関わっていたのだろうか？　そうだとしたら、どんなふうに？　端役なのか、押しも押されもせぬ主役なのか？……トランキル氏は、初めて困惑していた。彼の仮説はことごとく崩れ去り、新たな事実の出来によって推理が打ち砕かれたように感じられる。

「わからない……わからなくなった……何もわからない」

ビッグスは内心せせら笑い、トランキル氏の狼狽ぶりを楽しんでいる。

ふん！　論理だとか、予測可能な矛盾だとか、記憶と推理の天才だとか。どれもこれも戯言《たわごと》さ！

……

真っ正直な心に妬みが芽生えると、瞬く間に思考を支配してしまうらしい。

Ⅲ　ヴィクトル・ユゴー全集第十三巻

数日間にわたり、ビッグス警部は行方知れずの火夫の捜索に全力を傾け、いつもながらのブルドッグのような強情さを発揮した。

早朝から捜索に出かけて市内の隅々まで赴き、ときには郊外のかなり遠くまで足を延ばす。帰宅は非常に遅くなった。門扉の閉め方と廊下を歩いてくる重い足取りで、母親は捜索の成果が上がっていないことを知り、「ジェイムズは今日も収穫なしね」とつぶやくのだった。

しかし、いかにビッグスが強情であっても、まったく融通が利かないわけではない。いくら捜しても無駄なとき、空しい追跡に見切りをつける判断力と、諦める勇気も持ち合わせていた。

ある夜、ビッグスはつぶやいた。「旅を楽しめ、エイントリー！」

翌日は古物商の店へ行った。手当り次第、先入観なしに、辛抱強くがらくたの山を調べていく。地下へ下り、グレゴリーが寝室にしていた小部屋もしらみつぶしに捜す。何も見つからない。探しても探しても、何もない。だが、ビッグスは自分の嗅覚を信じていた。

「鍵はここにある。手を伸ばせば届く所にある」と自分に言い聞かせる。

そして、もうだめかと諦めかけたそのとき、ようやく見つけた。少なくとも、最初の扉を開ける鍵を……。他にも開けなければいけない扉、見つけなければいけない鍵はいくつもあるが……。

傾いたナイトテーブルの上に、一冊の本を見つけたのだ。彼はそれを手に取った。ハードカバーで、版元はフランスの有名な出版社だ。その出版社が刊行するハードカバーの本はすべて、イラスト入りの紙のカバーがかけられている。だが、ビッグスが手にした本には、そのカバーがなかった。それは半端物となったヴィクトル・ユゴー全集第十三巻だった。

ビッグスはすぐにグレゴリーの店を出て、アルデバラン号へ急行した。船長の部屋に入る。そこにいたのはほんの数秒だった。そして、意気揚揚と出てきた。

ビッグス警部がそうやって探し物をしている間、トランキル氏は部屋に籠もっていた……。虫垂炎ではないかと怯えていたのだ。

「外科医のミドルフィールドに診てもらうといいですよ」とグレイロップは勧めた。

「当地の肉屋のせいかもしれません！」と、フランス人は無礼にも言い返す。「もう少し様子を見ます。ともかく、ぎりぎりまで我慢しますよ」

「まあまあ、トランキルさん！　たかが虫垂炎、この世の終わりじゃありませんよ……」

「まさしく、あなた、たかが腸の端っこの問題に過ぎません。しかし、ご存じないでしょうが、フランスの田舎の藪医者のなかには、虫垂をこの世の端っこと呼ぶ者もいるのですよ！」

虫垂炎に怯えながらも、謎マニアはアルデバラン号について考えるのをやめなかった。どうやら片時たりとも頭から離れないようだ。心地いい暖炉の傍でテーブルの前に腰掛け、ひっきりなしに紫煙をくゆらせながら、頭の中で、チェスの駒を動かすようにさまざまな情報をかき混ぜては、推理に合った配置を発見し、答えを見つけようと試みる。

すると、思考はいつも、ある一つの問いにぶつかる。「グレゴリーとアルデバラン号の事件にはどんな関係があるのか？」　それまでに見つかった関係はただ一つ、以前ロデリック卿が買った全集だけだ。

「でも、あの本はもう見た！」

部屋の中に矢継ぎ早に煙が吐き出される。

「あ！　うん、そうだ……」

彼は物事に徹底的にこだわる性格だった。それでこそトランキル氏であり、その性格は変えられない。船長の部屋でヴィクトル・ユゴー全集を見たとき、ふと気づいたことがある。それが重大な意味を持つかもしれない。

トランキル氏は立ち上がり、平たい帽子をかぶって薄いコートを引っかけ、ビッグスに少し遅れて桟橋へ向かった。

トランキル氏とビッグスは、途中でばったり会った。警部は船を訪れたことはおくびにも出さない。数日前に知り合って以来、ビッグスのこんなに嬉しそうな顔を見るのは初めてだ。警部は冗談を言い、仕事を話題にし、最後に得々と言い放った。

「結局、イギリス流の捜査も、フランス流に負けないってことです」

「ああ！　ビッグス君、あなたも虫垂炎になってごらんなさい……」トランキル氏は拳を脇腹に当て、しかめ面で答える。

アルデバラン号に着いたトランキル氏はかなり落胆した様子だった。前に来たときも、全巻揃ったヴィクトル・ユゴー全集を見た。全三十五巻のどこにも、興味を引くような点はない。

「ううむ！　あのなかの一冊に何か引っかかるものを感じたのは、気のせいだろうか？　あるいは、フランス流がイギリス流に一本取られたのか？　ビッグスのあの満足げな顔。きっと、私より先にここに来たのだ。それを確かめなくては」

　その日の昼間、トランキル氏は、ビッグス警部の指紋を、本人には悟られずに入手すべく手を回した。翌日には、また船へ行くつもりだ。計画は単純である。ユゴー全集三十五巻のカバーをすべて持ち帰り、ついている指紋を調べるのだ。ビッグスの指紋があれば、彼がここへ来たことが裏付けられる。そして、もしビッグスの指紋が一つだけ見つかれば、彼が触れたのがどの巻だったかわかるという寸法だ。

　翌日、周到な準備の末に船長室へ入った謎マニアは、とんでもない悪態をついた。首を振りながらユゴー全集を眺める。昨日と並び方が変わっている！　昨日見たときには第一巻があった場所に、今は第三十五巻がある――そして、第三十五巻があった場所には第一巻。トランキル氏は低い声で「三十四、三十三、三十二」と数えていった。

　誰が全集をいじったのだろう？　ロデリック卿でないのは確かだ。船長はこの全集を開いたりしない。

　こうして、今やトランキル氏の検査に、はるかに大きな価値が加わった。ビッグス警部が来たあとで、別の人物が全集を動かしたことがわかったからだ。急ぐあまり、本を並べる順番を逆にしてしまった人物。それは誰だ？　指紋を調べればわかるかもしれない。この不注意が、細心な計画を破綻させ、緻密な企みを暴くことになるかもしれない。

　しめしめ！　フランス流が挽回するチャンスではないか？　トランキル氏は全三十五巻のカバーを丁寧に包んだ。まもなく、足取りも軽くホテルへ戻り、「楽しい狩り」という歌の出だしを口ずさんだ。

――ソファの上で、クリュメネー（ギリシア神話に登場するニンフ）の傍らで
　さあ、狩人よ、追い払え、憂いを……

今朝、フランスの藪医者の言う「この世の端っこ」をめぐって口論した人とは思えないほど、上機嫌だ。

検査の結果が出た。トランキル氏は第十三巻にビッグスの指紋を発見したが、他の巻からは、指紋は一つも見つからなかった！

謎マニアはテーブルに広げたカバーをしげしげと眺め、考える。「全三十五巻。三十五巻をいじり、逆の順に並べた。指紋がついていたのは一巻だけ……」凶器のメイスをめぐる問題を解明した彼には、相関関係が容易にわかった。「グレゴリー殺害犯、手袋の男だ！」……悪臭を放つ小形葉巻ニナスをひっきりなしに吸い、えぐみを感じると灰皿に放り込むので、吸い殻がうず高く積もっていく。目はまるで死者のように虚空を見据え、吸い殻から上がる煙は視線の先にあるが、見えてはいない。まるで、口髭を生やした不細工な神に献じられた香が、臭い煙をいつまでも立ちのぼらせているかのようだ。トランキル氏はようやく立ち上がり、出かけた。トンプソン巡査と内密に話すためだ。密談の結果、巡査は三日後に休暇を願い出て受理され、ダンバートンを急いで発った。

いっぽう、ビッグス警部はトンプソン巡査より三日早く出発していた。北へ向かったまま謎の失踪を遂げた火夫エイントリーの件や、ロデリック卿の船室で見つけた本の件で署長とじっくり相談した

結果である。ビッグスはオートバイを時速八十キロメートルで飛ばし、葉の落ちたヒースに覆われた野を越え、グランピアン山脈の麓に延びる寂しい谷や寒々した野原を経て、ハイランドのインヴァーガリーとホワイトバンクスを目指した。そこへ行けば、アルデバラン号事件を解決できるのか？　四日間、ビッグスは北で待ち続けた。モーセ・エイントリーが現れるのを待ち構えていた。だが、彼は現れない。そうこうするうちに、トランキル氏は電報を受け取った。今度は彼が出発する番だった。

Ⅳ　駄馬ジョニー、力の限り頑張る

ホワイトバンクスは、風が吹きすさぶハイランド北部の中程にあるちっぽけな町だ。荒れ野に囲まれて、一軒家がぽつんぽつんと建っている。駅前広場にある居心地のいいカフェも、この時間には閑散としていた。店内のテーブルの間を行ったり来たりして掃除や片づけをしているのは、きびきびした若い女性だ。髪の毛は栗色で、すらりとした体を黄色と黒の格子縞の暖かそうなスカートに包んでいる。顔立ちは可愛らしく、黒い瞳が活き活きと輝く。服の丈が短めなので、屈んだり、高い棚の瓶を取ろうとして爪先立ったりすると、紡錘形の長い脚があらわになる。ときには小さな丸い膝小僧まで見えて、それを目にしたビッグスは甘い物思いに耽るのだった。だからと言って、気の毒なビッグスを責めてはいけない。独身生活は、気楽な楽しさもあるが、やはり味気ないものだ。働き者であるうえに見目麗しいこの女性と、ビッグスは進んで言葉を交わした。けれども、職業意識が容赦なく心にのしかかり、二百キロメートル余りを三時間半弱で飛ばして来たのは可愛らしい娘を口説くためではないと、つい考えてしまう。そのうえ、汽車が近づいてきた。広場はすでに目覚め、浮き足立っている。世界中の小さな町で、急行列車が近づいてくるや「駅前広場」はこんなふうに活気づくのだ。

広場にはさまざまな人々が集まってくる。新聞の包みを受け取りに来た商人たち、郵便袋を積む手押し車を押してくる郵便局員たち、愛しい我が子の顔を見るのが待ち遠しい老夫婦。古代の哲学者のように立派な頬髭を生やした御者たちが高い御者席に座り、年代物の辻馬車を歩道に寄せて整列させ、いつ来るとも知れぬ客を待っている。

ありがたいことに急行列車が一日に二本――一本は上り、もう一本は下り――も停車してくれる小さな町では、列車の到着は一大事だ。煤とばい煙で汚れた客車の巨体と共に、広い世界のニュースが届く。新鮮な空気がどっと流れ込み、人々の心を一時、かき立てる。だが、急行列車の停車時間は短く、あっという間に発車してしまう……。すると、人々の心も平静に返る。自動車が舞い上げた土埃が静まって、地平線に吸い込まれていくようなものだ。小さな町はまた眠気に誘われ、下らない世間話や取るに足りない日々の営みの中に埋没し、次の急行列車が来るまで目覚めない。

小さなカフェに、二人の常連客が入ってくる。

「エールを二つ頼むよ、キャスリーンさん……」

そうか、彼女はキャスリーンという名なのか！　この娘がテーブルにビールのジョッキを二つ置く仕草のたおやかさには、誰もかなわない！　ビッグスはため息を漏らす。

不意に汽笛が鳴り響く。広場に目をやったビッグス警部は、汽車を下りて駅舎から出てくる人々の先頭を見て、震え上がった。ある男を待ち伏せしていたのに、思いもかけない人物が姿を現したからだ。

虫垂炎に怯えていた人にはとても見えない、元気いっぱいの敏捷な足取りで、トランキル氏がカフェのほうへやって来る。

ビッグスは席を立つ。店から出るためではない。打つ手はただ一つしかなかった。トイレに隠れるのだ……。身を隠して耳を澄ましていると、トランキル氏がキャスリーン嬢の名前を呼んで挨拶し、手紙を預けに来た人がいないか尋ねる声が聞こえた。

「トランキルさんへのお手紙？　ええ、預かっています！　これですわ。持ってきたのは今朝です。お掛けになりません？　汽車でいらしたのですか？」

「座ってはいられないのですよ、美しいお嬢さん。ヘッドミルズに用事があるものですから。恐れ入りますが、ビールを一杯いただいている間に、道を教えてはもらえませんか？」

「でも、お客さん、ここからヘッドミルズまでは優に二十キロメートルはありますわ！」

「昔はもっと長い距離も歩き通したことがありますよ、お嬢さん。とは言え、何か交通手段はありますか？」

「汽車があります。二つの町を結ぶローカル線ですが。でも、ヘッドミルズ行きは一日に一本だけで、朝に出てしまうのです……」

キャスリーン嬢は広場のほうを指さした。御者たちは当てにしていた客が来ないので、もう馬車を動かし始めている。

「あそこに並んでいる馬車のどれかに乗せてもらえればいいけれど。もし駄目だったら、どうしたらいいかしら……」

トランキル氏はすでにカウンターの上に硬貨を一枚置き、店を出ていた。

「おーい、そこの馬車、頼むよ！……」馬車置き場へと向かう列のしんがりにつけた御者に向かって、声をかける。「おーい！　頼む！」

少なくとも五回、そうやって大声で呼び、身振りもしてみせた頃、年老いた真面目な御者はようやく、その尋常ならざる呼びかけが自分に向けられていることに気づいた。老御者の頭の中で、この騒々しい奇妙な小男はひょっとしたら客というすてきな人種の一人かもしれないという考えが、遅ればせながら芽生え、大きくなって、花開く。いったん開くと、たちまち大輪の花となった。

「いらっしゃいませ、旦那様。どちらまで？」

「今日の午後、ヘッドミルズまで一人、運んでくれる元気はありそうかね？　つまり、あんたの馬はそれだけの道のりを走る馬力があるかい？　チップは惜しまんよ」

　ヘッドミルズと聞いて、馬が片耳を立てる。脇腹のへこんだ駄馬で、まるで痩せっぽちが大男の服を着ているように、梶棒の間で体が〈泳いで〉いる。

「旦那さんは外国の方ですかのう——ええ、身なりと言葉からわかりますよ」観察力に長けた御者は慇懃に答える。「それでも、ジョニーが——この馬の名前です——純血のクライズデイル種（スコットランド産の強健な荷馬車用馬）だなんて大ボラを吹くつもりはありません。ここから三十キロメートル四方の里程標にもし口があれば、きっとこう言いますよ。百メートル以上先からでも、蹄の音を聞いただけでジョニーがわかる、と。里程標ってもんはな、旦那さん、あんまり沢山人が行ったり来たりするのを見てきたから、もう旅なんて金輪際ご免だと思っているんじゃないかねえ」

　そこまで言うと、御者は歯の間から途切れ途切れに震えるような声を漏らした。愛想笑いのつもりだったのかもしれない。

「もちろんです。ヘッドミルズまで行く元気がありますとも。ことに、旦那さんのような方がお客さんなら。わしの名、トリプルクリンガンを賭けてもいいくらい自信があるが……何しろ旦那の目方は、秤できちんと量ったって、三十キログラムもなさそうですからな」

　ジョニーは自ら歩き出し、張り切って空っぽの辻馬車の列を抜け出した。それを見ても、他の御者は一人としてやっかまない。

「トリプルクリンガンのやつ、今日はついているな。俺たちにも明日は運が回ってくるだろうさ」御者たちはそう思いながら、空の馬車を引いて馬車置き場へ向かった。

V　珍妙な自転車乗り

　ホワイトバンクスの町外れの家並みを過ぎると、今回の旅で見てきたのとはまったく違う景色が目の前に広がり、トランキル氏は驚いた。

　もうヒースもなければ、緑の葉もなく、鮮やかな色に塗られた鎧戸のある軒の低い小さな家々もない。生きものの痕跡は皆無だ。大地に羊飼いの姿はない。他のあらゆる動物が飢え死にする土地でも生き延びられるという羊さえ、空きっ腹を抱えて退散したのだ。道には車一台走っていない。放浪者もテントも見当たらない。道の行く手には見渡す限り、どちらを向いても暗い沼地が広がっている。湿地の中は通行不能な小道が蛇行し、その脇には、この地で唯一の生気ある植物、丈の高いイグサが寂しげな風に揺れ、そこここに枯れかけたニワトコの茂みがある。空想のせいか、空気が沼気を含んで呼吸しにくいような気がする。さらに間が悪いことに、朝は輝いていた太陽は雲に隠れ、ぬくもりのないぼやけた円盤に変わり果て、病んで枕カバーに包まれたような姿で灰色の空をゆっくりと進む。

　あちらこちらに盛り上がる小高い丘は荒れた野原と同じく、むき出しだ。一度だけ、掘建て小屋を見た。長い間放置されている廃屋だと一目でわかる。屋根には穴があき、開いたままのドアがバタバタと風にあおられている。

　ジョニーは頭を低くし、時速八キロメートルにも満たない速度で歩を運ぶ。トランキル氏は寒気を覚えて薄いコートの裾を膝の上で合わせる。この小柄なフランス人は、いったい何を求めてこんな不毛の地にやって来たのだろう?

振り返れば、はるか後方に自転車を漕ぐ人が見えたことだろう。ビッグスである。彼は腹を立てていた。トランキル氏が自分と同じ結論に達していたとは! 先を越されてばかりじゃないか。ビッグス警部は「地獄の底まで」彼を追おうと心に決めていた。実際、この沼地の真ん中を走っていると、この先で出くわすのは人間の住む町ではなく、地獄じみたぬかるみの町で、悪臭を放つ薄気味悪い生きものがうごめいている予感がする。

道のりの半ばを過ぎ、ホワイトバンクスから十キロメートル余りの所で、もう一人、やはり自転車に乗った人物が現れた。ヘッドミルズからこちらへ向かって来る。向かい風にもかかわらず、自転車乗りが普通するのとは逆に、頭を上げている。急いでいるようではなく、むしろ何も予定がなく、あちらこちらの風景を楽しみながらサイクリングしている様子だ。確かに、この人気のない寂しい景色は畏怖の念さえ呼び起こし、雄大さと、ある種の悲劇的な美しさを秘めている。

近づいてくるにつれ、自転車乗りの姿がはっきりと見えてきた。その服装には、強烈な色がふんだんに使われている。黄色い靴下をはいたふくらはぎの上に深紅の半ズボン。緑色の上着の襟元から、鮮やかな黄緑色のセーターが覗く。頭部も、服装の奇抜な配色に負けず劣らず人目を引く。白と黒の格子縞の派手なハンチングの下に見えるのは、日焼けした南国風の陽気な顔だ。ふさふさした茶色い口髭が両頰の真ん中あたりまで伸びている。乱れた長髪が帽子の下からはみ出て、風になびく。

荘厳かつ陰鬱な背景にはまったく似合わない出で立ちである。

この滑稽な自転車乗りが近づいて来て、顔が見分けられるほどになると、トランキル氏は驚いた様子で前屈みになって顔を隠し、解けてもいない靴ひもを結び直す振りをした。なぜだろう？　自転車の男を知っているのだろうか？　男のほうもトランキル氏を知っているのだろうか？　いずれにせよ、馬車と自転車がすれ違いそうになったとき、半分眠っていた御者に向かって、トランキル氏は言った。

「もっと速く走れないかね？　もっと速く！　馬を精いっぱい頑張らせるんだ。スピードに応じてチップを出そう。四十分以内に着いたら、十シリング上積みだ」

御者は手綱を引き寄せながら、頭の中で素早く計算する。

（四十分だって！　無理ってこともないな。なあ、ジョニー？）

ジョニーはそれでは物足りないと思ったのか、その場で足取りを速め、求められたスピードをはるかに超えて全速力で走り始めた。老馬とは言え、自尊心は衰えていないと見える。

「だから言ったでしょうが、旦那さん！　ジョニーの走りっぷりを見てやって下さい」御者は「猛スピード」に興奮して叫ぶ。

しばし全速力で走ったあとは、歩幅の大きい速歩になった。この調子でいけば、期待は裏切られないだろう。

トランキル氏は満足し、馬と御者を法外なチップ目当てに頑張らせておいて、自分は頭を巡らせて珍妙な自転車乗りをうかがった。そして、相手の様子を見て、少し落ち着きを取り戻したようだ。男は、今は歩いていた。自転車を道端に寝かせて置き、細い小道を沼地へ向かって進み、長いことじっと動かず、何やら物思いに耽っている。ずっと後ろにもう一人の自転車乗りがいるのを、トランキル氏は見ただろうか？　その人物はかなり距離を置いてこっそりと馬車の後をつけ、沼を眺める男から二百メートルほどの所を通りながら、男には目もくれない。トランキル氏は二人目の自転車乗りを見て、彼が沼地のほうへ顔も向けずに進むのを確かめ、ほっと安堵のため息を漏らした。

道のりも残すところ四分の一ほどとなり、ヘッドミルズからおよそ五キロメートルの地点まで来ると、街道の脇に一軒の宿屋があった。〈ボグ・ブリッターズ・ホーム〉すなわち〈山家五位亭《サンカノゴイ》〉である。サンカノゴイはサギ科の大きな鳥だが、鷹狩のような狩猟には適さない。調教できないからだ。低い声で鳴き、沼沢地で餌を探す習性がある。

宿の戸口の上に掲げられた看板には、かろうじてサギ科らしく見える鳥が描かれている。おそらく地元か通りすがりの絵描きが描いたものの、作者不詳の作品にしておきたかったのだろう。その証拠に、サインがない。

宿屋の主人がこんな風変わりな名をつけたのは、空っぽの鳩舎と納屋がサンカノゴイの安全な避難場所になると言いたかったからかもしれない。

宿の入り口に男が二人佇んでいる。トランキル氏は彼らを見るが早いか、馬車から飛び降り、硬貨を放るようにして御者に支払った。

「ここでいいよ。ホワイトバンクスへ戻るなり、一人でこのままヘッドミルズへ向かうなり、好きなようにしたまえ。私はここに残る。君らの尽力には礼を言おう。ジョニー共々、今夜はゆっくり休むといい」

御者は硬貨を数えるとマントの中にしまい込み、やれやれと言いたげに頭を振って、この気前のいい外国人の突然の気まぐれをいぶかる素振りも見せず、ヘッドミルズへ向けて馬を並足で進ませた。きっと向こうで、明日ホワイトバンクスへ向かう客を捕まえる算段だろう。そもそも、ジョニーを今日のうちにまた三十キロメートルも走らせるのは非人道的というものだ。

トランキル氏は、二人の新たな登場人物と握手して言った。

「あの男とすれ違いましたよ」珍妙な自転車乗りのことだ。「わざと泳がせたのですか？」

「ご安心ください」と、一人が笑いながら言う。「もうすぐ引き返してくるのが見えますよ。あれは散策なんです。自然愛好家ですからね。彼は今朝、ヘッドミルズの弁護士を訪ねました。もちろん、ジョージにつけさせました。弁護士は不在でしてね。明日の朝まで戻らないとのことです。彼は明日また来ると言い、この近辺を探索するための自転車を借りられる所がないか尋ねました。『ここは私の好みにぴったりでね』と言っていました」

「この地方は確かに、あの男の気に入りそうですな」とトランキル氏が言う。「彼の心象風景そのものだ。泥だらけで悪臭が漂っている。沼地が好きなのも当然です。どす黒い泥の中で爬虫類や薄気味悪い生きものがうごめく黒い沼、そこに漂う沼気に身を浸すのを無上の喜びとしている人間ですから。このような景色は彼の後ろ暗い企みにぴったりでしょう」

「あの身なりについてはどう思われます？　派手な上着に目を射るような深紅の半ズボン！」

トランキル氏の唇に薄笑いが浮かび、すぐに消えた。フランス人の顔は悲しげだった。きっとこの澱んだ水と泥ばかりの風景のせいで気が滅入ったのだろう。あるいは、頭にある考えのせいかもしれない。

「それにしても、何をしにここまで来たのか？　何のために、このうらぶれた土地のしがない弁護士をわざわざ訪ねるのでしょう？　いずれにしても、われわれは目標に近づいていますよ。ここまで来て、こんな宿屋に泊まるのも無駄にはならないでしょう」

〈山家五位亭〉は、客層こそあまり「上等」ではないが、それなりににぎわっている。車引きや道路修復工事の人夫たちは、ある程度の体面を重んじるイギリスの労働者の例にもれず、外見では悠然たる金利生活者と見分けがつかない。そんな労働者たちがこの宿屋でエールやウイスキーを酌み交わしていた。

三人は宿屋の中へ入っていく。ほどなく、ビッグスがひびだらけの煉瓦塀の陰から飛び出した。宿に隣接した牧場の跡地に隠れ、三人を遠くから見張っていたのだ。はしごを使って納屋に入ってみる。床板に乾いた草が積もっているので、その昔は飼葉の置き場として使われていたに違いない。屋根には窓が二つ。一つは道に面し、もう一つは宿屋の食堂の窓に面していた。ビッグス警部が選んだのは二つ目の窓だ。ここから食堂が覗けるが、向こうから見られる心配はない。ぐうぐう鳴る腹にうんざりし、悪態をつきながら——その日はまともな昼食を食べていなかった——屋根窓に鼻を押しつける。食堂の中が見えたとたん、彼は空腹を忘れた。

トランキル氏の横には二人の男がいた。一人はビッグスの知らない男だ。長身でたくましく、快活そうな顔をしている。もう一人は、ダンバートンのトンプソン巡査だった。

Ⅵ　トランキルとビッグス、腕を組む

密談を終えて、三人は食堂を出た。宿の主人にお世辞を言うと、主人は大仰なお辞儀で応えた。その直後、ビッグスの知らないほうの男が宿の玄関に姿を見せ、中庭を通って街道へ向かった。そして、ホワイトバンクス方面へ遠ざかっていった。残りの二人は部屋へ引き上げたらしい。男が数百メートル進み、それから引き返してくるのが見えた。宿屋へ戻ると、男は食堂に席をとり、食卓の準備が整うのを待ちながらビールを美味そうに飲み始めた。開いた扉から、ビッグスにはその姿が見えた。渇きと飢えの二重苦に悩まされる哀れな警部にとって、その光景は目の毒だった。それでも、巻き返しへの大きな期待を胸に、ビッグスは持ちこたえた。

（我慢、我慢……。とにかく目を離すな……）

そのとき、ビッグスの迷惑も知らずに、主人が用心深く鎧戸を閉めた。

（なんてこった、ついてないな。覗き見ができるたった一つの窓を見つけたっていうのに）ビッグスは肩を落とした。

姿を見られてはいけない。ということは、賢明な方法はただ一つ、明日まで待つことだ。ビッグスはぶつくさ言いつつ、散らばった藁を手でかき集め、その上に身を横たえる。十分後には妙な夢を見ていた。目の前で、小さな丸い膝小僧のついた紡錘形の長い脚が二本、ダンスを踊っている。脚の上

に乗っかっているのは、皮肉な笑みを浮かべたトランキル氏の顔だった。

街道では、深紅の半ズボンの自転車乗りがペダルを漕いでいた。ヘッドミルズへ戻っていくのだ。自転車乗りは不意に足を地面に下ろし、タイヤに手を触れて、参ったなという仕草をした。タイヤに釘が刺さって穴があいていた。顔を上げると、〈山家五位亭〉の正面が目に入った。宿屋を見て安心したらしく、自転車を押しながら歩き始める。宿屋へ入り、食堂の席に着く。もうこれ以上足を延ばすのは諦めたらしい。食堂にはトランキル氏の連れが一人で座っていた。

〈山家五位亭〉のような人里離れた宿屋の食堂で、旅の男が二人、たまたま同席し、周囲の沼地に夕闇が迫れば、お決まりの成り行きとなる。よほどの田舎者でない限り、無為で退屈な長い夜を共にすることを見越し、まずは軽い挨拶代わりに煙草を勧め、それからエールのジョッキをおごり合い、杯を重ねていく。最初は天気の具合や土地の名所を話題にして見解を述べ合う。次第に打ち解けてくる。話は尽きない。しまいには、一人で食べるより、誰かと一緒の食事のほうがよほど楽しいという結論に達する。そして、向かい合わせで夕食をとる……。それが普通だ。

トランキル氏の友人が、深紅の半ズボンの自転車乗りが差し出す煙草入れから一本もらう。自転車乗りは相手のジョッキからビールを味見する。そして、食卓に二人分の食器が並べられる。見習いコックの少年が最初の料理を運んでくる。

すでに薄暗くなった野原では鬼火が飛び跳ねている。静寂を破って響くのは、サンカノゴイと蛙が合唱する声だけだ。

数時間が経過した。皆が寝静まったはずの真夜中頃、宿屋の二階で一つのドアが開いた。廊下に現れたのはトランキル氏で、その後にトンプソン巡査が続く。二人はためらいもせず、足音を立てないよう用心するでもなく、隣室のドアへ向かう。錠はすでに鉤針で開けてある。ベッドの上では自転車乗りがいびきをかいて熟睡している。トランキル氏は声が漏れるのを抑えようともせずに笑った。ところが、眠っている男の衣服を探るうちに、笑顔がたちまち渋面に変わる。目当てのものが見つからないのだ。だが、財布から、封をしていない封筒と身分証明書が見つかった。

「トンプソン君、やりましたぞ！」トランキル氏が仲間に言う。「思ったとおり。この男がユダヤ人火夫を殺したのです。ほら、モーセ・エイントリーの身分証明書。手紙を拝見しましょう」

封筒の中から、トランキル氏は古びて黄ばんだしわくちゃの紙を一枚取り出した。内容を読むにつれて、顔が喜びに輝く。

「妙な遺言だな！」

トランキル氏が手紙と身分証明書を注意深く元の場所に戻し、二人は入ってきたときと同じように堂々と出ていった。

翌朝かなり早く、トランキル氏はヘッドミルズへ向かった。町へ着くとすぐに、「弁護士《ソリシター》」と刻んだ銅板を掲げる扉の前でベルを鳴らす。中からは不機嫌そうな声が返ってきたが、トランキル氏が有無を言わせぬ口実を持ち出したらしく、数分後に扉が開けられた。この訪問はかなり長引いた。弁護士事務所の入り口に再び姿を現したトランキル氏は、迷わず広場を横切って真向かいのカフェに入っていった。予想どおり、そこにはビッグスがいた。トランキル氏は、ホワイトバンクスの小さなカフェのテーブル越しにビッグスのハンチング帽を見つけていたし、宿からずっとつけてきたことに気づいていたのだ。ビッグスはトランキル氏の突然の出現に驚いてびくりとし、気まずい思いで、戸口で朗々と暗誦する彼を見ていた。

――夜の帳が下りる頃、青ざめた男は
　山の麓の広野にたどり着く

「何ですか、それは?」ビッグスが訊く。狼狽のあまり、悔しさをあらわにしながら、そう尋ねるしかなかった。

「別に意味はありません。ヴィクトル・ユゴーの詩ですよ!」近づいてきて手を差し出すトランキル氏の屈託のなさに、ビッグス警部は安堵する。

意外な展開を仕方なく受け入れ、ビッグスが言う。「なるほど。ヴィクトル・ユゴーに関心があるのは僕だけじゃないということですか」

「汽車でここまで?」

「いいえ。バイクで。でも、そんなことはどうでもいい。火夫について、何か情報は?　ここでじっと待ち続けるのにうんざりし始めているんです」

「ビッグス君、悪いことは言いません。時間の無駄ですよ。エイントリーがここへ来る可能性は万に一つもありません。待っていたら、最後の審判の日になってしまう。もっとやるべきことがありますよ」

二人は話しながらカフェを出た。

「それにしても、ビッグス君、なぜまた……」

トランキル氏は話をやめようともせずに、ふとビッグスの腕の下に手を差し入れ、近くの小路のほうへそっと引っ張った。腕を組みながら、二人は角を曲がる。

まさにそのとき、深紅の半ズボンの自転車乗りがやって来た。昨夜、眠っている間にトランキル氏が持ち物を探った相手だ。男は広場で自転車を下りると、弁護士事務所の扉を叩いた。

Ⅶ　サー・アーロン・E・K・ピルグリミッジ弁護士

世の中には、動物を連想せずにはいられない顔立ちの人がいる。たとえば、カウチが振るわせる三重顎は、でっぷり太った高級品種の豚が肩の分厚い脂身を左右に揺らす様子を思い出させる。ロデリック卿は時おり、奇妙なほど狼そっくりに見える。トランキル氏はと言えば、少し想像力を働かせれば、敏捷でおどけた蜥蜴《とかげ》に、自然のいたずらで余計な髭が付け足されたかのようだ。

いっぽうで、野菜に似た人もいる。ビッグスのママの顔が洋梨に似た柔らかな高貴さをたたえていることを、まだ言っていなかっただろうか？　フランスにも洋梨にそっくりで同時代の漫画家を喜ばせた王様（ルイ＝フィリップ［在位一八三〇－一八四八］）がいたことが思い出される。ヘッドミルズの弁護士アーロン・E・K・ピルグリミッジ卿は、書類が山と積まれた高い机の向こうから見ると、細長い顔が下にいくにつれて先細りになり、顎がひどく尖っているため、細長い蕪《かぶ》を思わせた。高級品種の蕪とも言える。堂々たる蕪だ。とは言え、しょせん蕪である。肌は白く、眉毛はほとんどなく、顎の先からぶら下がる五、六本の長い毛がちょうど細根のようで、よけい蕪にそっくりだ。

「ほら、ジョシュア君、お客様に椅子を」とピルグリミッジ卿が猫なで声で言いつける。

生っ白く陰気な顔の十五歳ほどの少年は、汚れた爪を噛み、インクだらけの指をなめていたが、大儀そうに巨大な書見台の陰から立ち上がった。新たな客に差し出した肘掛け椅子は埃だらけで、骨董屋が喜びそうな古色蒼然とした様式だ。少年は再び書見台の陰に戻り、埃まみれで蜘蛛がうようよする片隅に身を落ち着けると、それ以降、まったく音沙汰がなくなった。

「書記のジョシュアから、あなた様が昨日お見えになったことは聞いております。私はあいにく仕事で出かけておりまして。どういったご用件でしょう?」

男は弁護士の机の上に開封済みの手紙を置いた。

「この手紙のことだ。クルックスとかいうやつの遺書で——正確にはバジル・クルックス! クルックスめ! 生きているときには変わり者で通っていたに違いねえ。くたばったあとも、生きている人間をからかい続けるところを見るとな」

「バジル・クルックス氏……」弁護士はか細い指の関節を鳴らしながら言った。「確かに、クルックス氏は奇妙な自殺を遂げる数日前に、ここに遺書を預けに来ました。陽気な紳士でした。人生をそれなりに楽しんでいるようにお見受けしましたから、ご自分の意志で幕引きをされたと知ったときは、驚きました」

「なるほど」男は机に置いた封筒を指さして言った。「俺が来たのは、この変てこな一件のためだ。手紙はここにある。本のほうは、持って来られなかった。どのみち無理なんだ、焼けちまったから。本を最後に持っていたやつを知ってるよ。ハンプシャーの男だ。そいつの子供がページをちぎっちまったんで、焚き付けに使ったんだとさ。お望みなら、そいつをここへ呼んで、証言させてもいい。そんなわけで、俺だけなのさ、クルックス爺さんの隠し財産をもらう権利があるのは。魂を悪魔に売ったクルックスの財産をね!」

「あなた、それはあんまりな言い方ですな……ええと……何さんでしたっけ。すみません、お名前を失念いたしました」

「ホーキンス！　パーシー・ホーキンス、ファインミルク在住。南のケンブリッジの近くだ。言っとくが、こんなど田舎とは違うぜ」

「ええ、それはまたひどい言い方ですな、ホーキンスさん。お手柔らかに願います。ご用件に戻りますが、相続する方法は一つしかありません。あなたの話に出てきた人は、その本を持っていたと証明できますか？」

「証人は見つかるさ」

「そういうことではないのです。遺言の文言は絶対です。証言では用をなしません。でも、もしその人が、たとえば本のカバーだけでも提出できれば、たとえ少々焦げていても、相続は成立します。その人があなたにカバーを渡すか、あなたがその人に手紙を託せばよろしい。というのは、ここが大事なのですが、本と手紙は同じ一人の人間が所有していなければ、遺言が執行されませんから」

「まったく、ややこしいな。証人がいて、それが確かな証人なら、十分じゃないのか？」

「残念ながら、ホーキンスさん。誠に残念ですが、遺言は変えられません」

ホーキンス親方は茫然としていたものの、しばらくすると顔を上げた。

「何とかなるだろう。カバーを見つけるさ。それじゃ、またな、弁護士さん」

ホーキンスは手紙をしまってドアへ向かう。

ところが、ドアの所で弁護士が彼を呼び止めた。薄い唇にかすかな笑みを浮かべている。

「ホーキンスさん、私の申し上げたことを悪くとらないでください。ただ、私の知る限り、いや、あなたもご存じでしょうが、たいがいの印刷屋は頼めば喜んで本のカバーを作ってくれるでしょうし、四隅をちょっと焦がすなんて簡単なことです――必要に応じて、ちょうどいい具合にね」

ホーキンスは立腹した様子だが、弁護士は構わずに甘ったるい声で続ける。

「あらかじめ申し上げておきますが、同じ本がもう一冊、存在します。そう、一冊だけ。それはクルックス本人が私に預け、今は銀行の金庫に保管されております。ですから、偽物のカバーをお持ちになっても無駄ですよ。本物と同じものは作れないでしょうから。あなたが無駄足を踏まないよう、念のためにつけ加えますが、本を印刷した業者はもう亡くなっています。そちらに手を回しても、どうにもなりません」

ホーキンスは扉を閉めて弁護士につかつかと近づく。弁護士は薄笑いを浮かべ、したり顔で細長い蕪のような頭を振っている。

「この性悪じじいめ!」ホーキンスがわめく。「げす野郎と呼んでも上等すぎるくらいだ。あんたがどんな手を使うつもりか、お見通しだぜ。もうすぐ期限切れになるのがわかってるからだろう。あんたもクルックスの財産が欲しくて、本が見つからなければいいと思ってるんだな。だがな、あんたのやり口は危険だぜ。相続の権利は俺にある。このホーキンスは若造みたいに騙されないぞ、覚えてろ、気取り屋の猿め。アーロン・ピルグリミッジ殿、一つ教えてやろうか? あんたは、いつか毒を盛られて死ぬような人相をしてるぜ。汚らしいドブネズミみたいに毒を盛られるぞ」

「ジョシュア君、ジョシュア君! そこにいるだろう、ねえ?」弁護士が鼻にかかった声で呼びかけて書見台のほうを向くと、書記の少年がぽかんとした顔を覗かせた。「君はここにいて、このご立派な紳士の言ったことを聞いていたね? それを忘れないよう、頼むよ。たとえ未成年でも、裁判に呼び出されたら、君の証言は間違いなく有効だから」

「くたばっちまえ、ちびも、じじいも、二人共！」ホーキンスがわめく。「今日は帰るが、また来るからな、アーロン・ピルグリミッジさんよ。カバーがあってもなくても、また来るぜ」

帰ろうとしていた男は、また振り向いた。弁護士がうめくようにこう言ったからだ。

「まったく、こんな相続を扱うなんて、私も運が悪かった。降りかかってくるのは厄介事ばかり。教えて差し上げますがね、一カ月半ばかり前だったか、ダンバートンからここにやって来た男がいましたよ。育ちに関してはあなたと似たり寄ったりのようでしたね、私と同じ信仰を持ってはいましたが。早い話が船員で、石炭庫の係だそうです。本を私の鼻先に突きつけて、あなたと同じくらいまことしやかに、誰かが手紙を焼いてしまった話をしていきました」

パーシー・ホーキンスは弁護士の打ち明け話にじっと耳を傾けていた。そして、扉をばたんと閉める前に肩をそびやかして言った。

「馬鹿馬鹿しい。もう一度言うが、俺は必ずカバーを持ってくるぜ」

気の短い訪問者が扉を閉めて出ていくと、弁護士はつぶやいた。「これで、トランキルさんはさぞご満足だろう」

アーロン・E・K・ピルグリミッジ卿の弁護士事務所でそうした場面が繰り広げられてから数時間後、ホワイトバンクスの駅前広場に四人の男性の姿があった。トランキル氏、ビッグス警部、トンプソン巡査、そして、もう一人の見知らぬ男は、トンプソンの弟だった。あえぎながらのろのろ進むローカル線の列車で、ヘッドミルズから戻って来たのだ。四人のうち三人は、ダンバートンへ帰るため急行列車に乗ろうとしている。

「それでは、もう決めたんですか、ビッグス君。汽車には乗らないのですね」トランキル氏が警部と握手しながら言った。

「ええ！　ほんの二百キロメートルですから。軽いツーリングですよ。バイクで帰ります」

「それでは、道中気をつけて」

そう言うと、トランキル氏と二人のトンプソンは駅舎へ入っていった。

しかし、今回ばかりは、トランキル氏の読みは外れていた。ビッグスの頭には、珍妙な自転車乗りのことなど、これっぽっちもなかった。そのうえ、アルデバラン号事件のことさえ忘れていた。

「熱血警部が馬鹿な真似をしないよう、祈るばかりですよ。まさか、あの深紅の半ズボンの男を追いかけるつもりではないでしょうね」とトランキル氏がつぶやく。

ビッグスは駅前の小さなカフェへ向かった。カウンターの中のキャスリーン嬢は彼の顔を覚えていて、微笑んでくれた。

キャスリーン嬢の可愛らしさといったら！　甘い言葉を並べ立てて思いのたけを伝えることができれば、どれだけよかったか！　けれども、ビッグスは職業柄、彼女とはまったく違う種類の人間と話すのに慣れ過ぎていた。極めつきの悪人に銃を突きつけられるほうが、若い娘に黒い瞳で見つめられるよりも百倍、気安かった。少しも喉が渇いていなかったのに、エールを一杯注文した。飲めば少しは舌も滑らかになるかもしれないと思ったのだ。客が何人か入ってきては、一杯飲んで出ていく。警部はジョッキのビールを飲み終えたが、舌はやはり麻痺したままだ。われながら間抜けの大馬鹿だと感じつつ、蛮勇を奮って、声をかける。

「キャスリーンさん！」

娘は微笑みながらやって来る。なんと初々しく、無垢な顔……。ビッグス警部はまたもやうろたえた。それでも何か言わなくてはいけない。

「このビールは本当に美味いね」。哀れな独り者はもごもごと言った。自分の意気地のなさがいまいましい……。「もう一杯もらえますか？」

第四部　シンデレラの娘

I　トランキル氏、切手を拾う。そして……

　トランキル氏とビッグス警部が戻ってきた翌日、ヒンメルブラウ夫人と警部は警察署長室でまた顔を合わせた。夫人の質問に、二人の警察官は揃って曖昧な仕草を見せ、言葉を濁した。ビッグスは礼を尽くしてはいたものの、不機嫌さを隠しきれない。話題はトランキル氏に及んだ。

「きっとまもなく会えますよ」

　一時間後、トランキル氏はヒンメルブラウ夫人を訪ね、翌日、署長室で会う約束をした。トランキル氏がしたことは、それだけではなかった。午前中から夕方近くまで、あちこち駆けずり回ったため、ようやくカウチ医師宅のベルを鳴らしたとき、小柄なフランス人は薄いコートの下で汗をびっしょりかいていた。

「ふう！」椅子にどさりと腰を下ろしてトランキル氏が息をついた。「盛り沢山の一日でした。カウチさん、調子はいかがです？」

　テーブルに着いたカウチは、冷めたローストビーフの分厚い一切れを前にして、口一杯に肉を頬張り、せっせとナイフとフォークを動かしている。もう一人分用意させようとしたが、トランキル氏にやんわりと断られた。

「フランスの方々は小食ですな」医師は豪快に笑って言う。「味覚に関しては、むしろ枯れていらっしゃる。ちびりちびりと喉を潤したいほうですかな。お皿は無用でも、グラスならいいでしょう」と言って、カウチは釘に掛けた大きな鍵を取った。「席に着いたままで待っていてください。居ながらにして旅をしようじゃありませんか。フランスへまいりましょう。もう一度訪ねたいのは、どの地方ですか？」

「プロヴァンスがいいですね」とトランキル氏が言うと、医師は無駄口を叩くのをやめて言った。

「それ以上おっしゃらなくても大丈夫」

カウチが下りていったワインセラーはひんやりとして薄暗く、品揃えも分類も申し分なかった。戻って来たカウチは、シャトーヌフ＝デュ＝パプ（ローヌ南部産の高級ワイン）の瓶を恭しく捧げている。慎重に栓を抜きながら、医師が言う。

「お国の言葉は一言も解しませんし、美味を語るしゃれた文句も知らない私ですが、このワインを飲むと、やる気さえ出せばアカデミー・フランセーズ会員にも劣らぬ立派なフランス語が話せるような気分になります」

トランキル氏は「シャトーヌフ＝デュ＝パプ！」と声を上げ、頬を緩める。「昔、アヴィニヨンに何代もの教皇《パプ》がいた時期がありました。民間伝承を信じるなら、なかなか愉快な方々だったようです。このワインを飲んだとたん、私がラテン語でしゃべり出しても、どうか驚かないでください」

トランキル氏はそう言ってグラスを瓶の近くへ差し出し、カウチがもったいぶってワインを注ぐ。

プロヴァンスの旅はたっぷり一時間ほど続いた。それから、どちらともなく、腹ごなしに少し歩くことになった。

二人はしばらく庭の小道をぶらぶらした。最後の枯葉も土になろうとしている。カウチは身を屈めて、つい先日、土を掘り返して植えたばかりの菊のか細い茎をいとおしげに眺める。翌日午後七時頃にグレイロップの署長室で会う約束を交わし、トランキル氏はカウチ宅を辞した。心地よい宵を過ごしたおかげで、すっかり元気を回復し、足取りも軽い……。ふと、ある店の前で足を止める。頭にひらめくものがあった。

「間抜けだった！　われながらどうかしていた！」と声に出して独り言ちた。

説明がつかなかった問題を解き明かしたのだろうか。急に左へ曲がると、少し先の市庁舎へ入っていく。ほどなくそこから出てきた。表情はますます明るい。数歩歩いたところで、トランキル氏は身を屈めた。（よし！　今日はついている。）消印が押されていない切手を拾ったのだ。それを財布にしまい、速足で数分歩くと、ビッグスの家の玄関にやって来た。

「警察署長の所へご一緒してもらえないかと思いまして」トランキル氏がビッグス警部に言う。

ビッグスが得意満面なのを隠そうともしないので、トランキル氏は不安になった。

「ビッグス君、失礼だが……ずいぶん嬉しそうですね。ハイランドで何か発見が？」

「ええ！」と警部がいたずらっぽく答える「何か、というより誰かと言うべきですね」

トランキル氏は自制力のある人間だったが、今は苛立ちを隠せない。

「誰のことでしょう？　自転車乗りですか？」

「違いますったら！」ビッグスは吹き出しながら言う。「自転車乗りなんか知るもんですか。どの自転車乗りのことかな？　私はホワイトバンクスを離れなかったんです。考えても無駄ですよ」

ホワイトバンクスと聞いて、トランキル氏はほっと息をついた。

ビッグスは宙を見つめ、夢見るように微笑む。ホワイトバンクスで見つけた相手を思い浮かべているのだ。息子の傍らに立つビッグスのママも、にこにこしている。

「ビッグス君、大した占い師ならずとも、君がホワイトバンクスで誰を見つけたのか、わかりますよ」

「本当に?」ビッグスは絶対に解けないなぞなぞだと思ったのに、というように口をとがらせる。

「だって、君。お母さんだって、今朝、私と同じことを思ったはずですよ、君が打ち明けていなかったとしても」トランキル氏の言葉を聞いて、ビッグス夫人がにっこり笑ってうなずく。「君は変わりましたね。こう言っちゃ何ですが、これほど丹念に磨かれた靴を見たのは初めてだし、ズボンの折り目もしかり。新しいネクタイも素敵な色です。そして、この見事な真珠のネクタイピン! そのうえ、床屋に行ってきたばかりですね。私の知る限り、ビッグス君、こんなふうに香水までつけて外出することはめったにないでしょう? 確かに、君の中で何かが変わったのです。これまでにない、若々しい心が芽生えた。むっつりした独り者をこんな明るい若者に変身させられるものは、一つしかありません。そうそう、ホワイトバンクスと言えば、われわれが別れた所ですね。君が私を見張っていた、あの小さなカフェのキャスリーン嬢の可愛い顔が思い浮かびます。こうなれば、もう結論は間違いようがない、そうでしょう? ビッグス君、恋をしていますね? 当たりだ! ホワイトバンクスにまた行くのは、いつです?」

「しばらくは行きませんよ!」ビッグスが嬉しそうに声を上げる。

「それじゃ、彼女のほうがダンバートンに?」

「実はもう着いているんです。それにしても、あなたの洞察力は神がかっていますね」

「ほめ過ぎでしょう。せいぜい神の僕《しもべ》の一番下っ端、しがない身です。非道な人間にこれほどかかわり合っていると、しまいにはこちらまで感化されそうになります」

トランキル氏とビッグスは連れ立って出かけた。

トランキル氏がグレイロップ署長に挑みかけるように、強烈な匂いのニナスがぎっしり詰まった煙草入れを差し出す。

「試してみる勇気はおありですかな?」トランキル氏の言葉に、署長は尻込みする。「私の分がなくなる心配はご無用です」と、トランキル氏が落ち着き払って請け合う。「三カ月分の買い置きがありますから」

「頼みますよ、トランキルさん」と署長が口を切る。「単刀直入に言いましょう。もう取り繕ったりはしません。もはや万策尽きました。初日から一歩も進んでいません。誰がヒンメルブラウを殺したか? どうやってヒンメルブラウは殺されたのか? 誰がグレゴリーを殺したか? どうして二件の殺人事件が起きたのか? モーセ・エイントリーはどうなったのか? どの問いにも、私は答えることができません。ビッグスが答えてくれるでしょうか? それどころか、彼ときたら、ハイランドの魔女に魅入られてしまった。今では恋の虜だ。アルデバラン号事件のことさえ、覚えているかどうか。トランキルさん、あなたはここまで、内密に事件のことを調べ、何も語らずに動いてきました。これからは公に捜査の手助けをお願いできませんか?」

ビッグスはすっかり気分が上がっているらしく、上司の辛辣な皮肉にも眉一つ動かさず、子供か恋する者にしかあり得ない、幸せそうな顔をしている——まさにいい年をした子供だ! すこぶるにこやかに、何にでも素直に賛成する。

トランキル氏は慇懃だが含みがありそうな口調で答える。「署長はどうも私の才能を買いかぶっていらっしゃる。それでも、私の意見に耳を傾ければ、ヒンメルブラウ氏を殺した犯人を逮捕するうまい方法がわかるはずです」

「ほう！　どんな方法ですか？」

「逮捕状を書くのです」

グレイロップは仰天したものの、印刷された用紙に手を伸ばし、空欄に記入する用意を整える。

「誰に対して書けば？」ペンを持ち上げた署長が尋ねる。

「アルデバラン号の船長、ロデリック卿です」

　グレイロップもビッグスも唖然として顔を上げる。ただし、署長は信じられないという顔、警部は勝ち誇った顔だ。

「何だって！　彼がやったのですか？」グレイロップが尋ねる。

　トランキル氏は答えた。「私が警察署長なら、ロデリック卿を逮捕し、明日、アルデバラン号から全員を退去させます。乗組員に解雇通告をし、船は明後日、当局がグラスゴーに運んで錨泊させると言い渡すのです。船を運ぶまで、警察官を二人配置し、食事のための交代が必要ないようコックだけは船に残して調理をさせ、その後、下船させます」

　トランキル氏の話しぶりは落ち着いて、声が高まることもない。

「どうしてそんなことをおっしゃるのか、わかりません」とグレイロップが言う。「もちろん、あなたを信じています。それでも……」

　トランキル氏は薄いコートのボタンをかけ、珍奇な帽子をかぶった。

「あと一日の辛抱です、グレイロップさん。それでは長過ぎますか？」

　グレイロップは仕方なくその提案を受け入れた。

「おっしゃるとおりにします」

「では、こうしましょう」とトランキル氏が言った。「皆さん、明日夜七時に、またこの署長室に集まってください」

三十分後、トランキル氏はアルデバラン号に乗船し、船長室へ入っていった。そして、すぐに嬉しそうな顔で出てくると、船内の別の部分へと向かった。


翌日、集合時間よりも少し早く、前日の面々が集まった。まだ来ていないのはトランキル氏だけだ。その場の雰囲気はいささか重苦しかった。この集まりには、トランキル氏の急な要望により、逮捕された人物も同席することになっていたからである。

沈黙のうちに数分が過ぎると、廊下に数人の足音が響いた。全員の顔がドアのほうを向く。ロデリック卿が現れた。背後の戸口には二人の巡査が陣取っている。グレイロップ署長はすぐに巡査たちを帰らせた。船長も席に着く。落ち着いているが、顔面は蒼白だ。船長が署長に言った。

「二人とも、私を丁重に扱ってくれた」巡査たちのことだ。「両脇を固めたりせず、敬意を払い、少し離れて後ろからついてきた。それでも、逮捕された人間としてここにいることに変わりはない。まあ、事件のあった日から、こうなる可能性を予測し、心の準備をする時間はたっぷりあったがね。グレイロップ、君が職務を果たしていることは十分わかっている」

グレイロップは気まずそうに身じろぎする。何も答えられない。トランキル氏から、何もしゃべらないよう口止めされているからだ。待つしかなかった。暖炉の上で、黒い大理石の置き時計が単調に時を刻む。

「七時五分前」とビッグスが言う。

二分後、つまり約束の時間の三分前に、トランキル氏が署長室に入ってきた。最初に握手した相手はロデリック卿だった。

「船長、あなたをこのちょっとしたお芝居の主役にしたことをお詫びしなくてはいけません。船長が無実であることはよく承知しております。今この瞬間から、自由の身だとお考えください。こんな悪趣味きわまる茶番を企てて私が楽しんでいるなどと、どうか思わないでいただきたい。私は芝居が好きなわけではありません。しかし、この下準備のおかげで、仕事がずいぶん楽になります。証拠を押さえるのに必要な切り札が手に入るからです。その証拠がなければ、犯人を追い詰めるのは難しいでしょう」

トランキル氏は一同をぐるりと見渡した。

「皆さん、ここに集まっていただいたのは、今夜、アルデバラン号での待ち伏せにご協力いただきたいからです。今夜、あの船に、ヒンメルブラウ殺害犯が現れます」

そう言ったあとで、トランキル氏は少し間を置いた。沈黙を破ろうとする者はいない。皆がじっと待った。トランキル氏は続けた。

「その人物の名を今明かすつもりはありませんが、彼がどのように犯行に及んだかを明らかにしても不都合はないでしょう。つまり、犯人がどのようにして、幾人もの目に触れずに、カクテルのグラスに毒を入れたかです」

トランキル氏は自分のニナスを見てがっかりし、折れた葉巻を捨てる。

「事件を最初から再現してみましょうか？……アルデバラン号の船上、バーから始めましょう。このバーには揚げ板はありません。仕掛けもありません。開口部は二つだけ、つまり内側から錠がかかった舷窓と、士官居住区の中央スペースへ通じるドアだけです。そのバーに、女性が一人、男性が二人、入ってきます。十時です。十時五分に、女性はポートワインを、二人の男性はカクテルを一口ずつ飲みます。二つのカクテルは同じもので、同じグラスで出されました。それから、三人は一緒にバーを出ます。十時十分のことです。女性は十時十二分に戻ってきます。その直後に男性の一人も戻ってきて言います。『飲まなかっただろうね？』ほどなく女性はバーを出ます。そして、男性も出ていきます。それが十時十六分。十時二十分に、女性と二人の男性はバーに戻ってきます。三人とも飲み物を飲み、さっきバーに戻らなかった男性が倒れ、即死します。毒がカクテルに入れられたのは十時十分から十時二十分の間。誰が入れたのでしょう？　重要な点は、あの女性と男性の他には、十時十分から十時二十分の間、誰もバーに入ったはずがないことです。隠れていた者もいませんでした。それは立証されています。繰り返しましょう。誰が十時十分から十時二十分の間に毒を入れたのでしょう？」

そこまで話すと、トランキル氏は一息ついてニナスに火をつけた。

誰が？　それは、謎マニアの話に耳を傾ける人たちがこれまでずっと抱き続けてきた疑問だ。

「私の見るところ、ビッグス警部の推理には三つ誤りがありました」とトランキル氏が言った。

Ⅲ　ビッグス警部の最初の誤り二つ

「ビッグス警部の最初の誤りは、こう決めつけたことです。『この犯罪を犯すことができた人間は二人しかいない。だから、二人のうちのどちらかがやった……』。そして、そこに、情痴犯罪という都合のいい仮説を付け加えました。その結果、ロデリック卿か、あるいはヒンメルブラウ夫人が犯人だと頭から決めつけました。

情痴犯罪という仮説を、私はそもそも信じておりませんでした。理由はいくつかあります。まず、あまりに安直に思えたからです。それに、犯人は自分だけでなく、愛する人が疑われる危険も冒したことになります。なぜなら、私たちは皆、当初から二人が恋仲だと察していましたから」トランキル氏はヒンメルブラウ夫人のほうを向いていった。「お許しください、奥さん。私の推理を順序だててお話しするために、どうしてもこの話をしなければならないのです」

ヒンメルブラウ夫人と船長は、二人とも少しはにかみながらも、トランキル氏に向かって微笑んだ。

「それに、この事件のように陰険な匂いのする情痴犯罪を、ご覧になったことがありますか？　情痴犯罪は衝動的に行なわれ、毒よりも銃や短刀が使われることが多いものです。そのうえ、船長の『飲まなかっただろうね？』という言葉こそ、この事件に使われた青酸カリのことをロデリック卿がまったく知らなかった何よりの証拠と考えられます。その理由は、船を捜索したときに申し上げました。

さて！　実は、情痴犯罪説に納得できなかったおかげで、真の手がかりとなる要素を発見しました。ビッグス君、あなたも私と同じように、この仮説から距離を置いてみればよかったのです！　そうすれば、情痴という動機以外には、ヒンメルブラウを殺すいかなる動機もない、あり得ないことを認めざるを得なかったでしょう……。私は犯罪の翌日、すでにグレイロップ署長にそう申し上げました。

「そのとおりです」と署長が言う。「しかし、正直に言いますが、そう指摘されても、私には手も足も出せませんでした」

「それでも、わかったことがあります」トランキル氏が勢いよく言い返す。「この犯罪にいかなる動機もないとすれば、こう推測できませんか？　被害者は殺人の標的ではなかった。手違いにより、毒が本来の標的に盛られなかったのではないか……？　そうすれば、別の犯罪が計画されていたと推理することができます。たとえば、ロデリック卿の殺害などです。

次に、ビッグス君の二つ目の誤りにまいりましょう。それは一つ目の誤りに端を発しております。情痴犯罪という考えに飛びついたビッグス警部は、論理上、こう考えます。毒を入れたのはヒンメルブラウ夫人だろうか、船長だろうか？　言うなれば、毒が入れられた方法に思い至らなかったのです。しかし、私はどんな可能性も排除していなかったため、その方法をまず解明すべきだと考えました。毒はどうやって入れられたのか？

論理的に考えていきましょう。犯人がバーに入って毒を入れたはずがないことは、確認済みです。それでも、毒は入れられた。本来の標的ではなかったにしても、少なくともバーの中に持ち込まれた。つまり、論理上、こういうことになります。犯人がバーに入った可能性がないということは、入らなかったということ。つまり、外部から操作したことになります。ところで、毒が注入器とか、何らかの機械的装置によって投入された可能性はないことがわかっています。つまり、論理上、犯人以外の人間により持ち込まれたことになります。毒を持ち込んだ人間は犯人ではなく、おそらく自分でも知らないうちに、手先として利用されたのでしょう。手先の役をやらされたのは誰か？　その人物はなぜ間違えて、毒を標的以外の所へ運んだのか？　そして、犯人は誰か？

　さて！　毒を運んだ人物、それが誰かを申し上げましょう。ヒンメルブラウです。しかも、彼が自分のグラスに入れた毒は、彼に盛られたのではなかったのです！」

　トランキル氏は満足げに一同を見渡し、それから時計の文字盤を見た。七時半。彼は立ち上がり、耳を澄まし、そしてまた座った。通りに面したドアが開いたようだ。廊下を歩いて来る足音がする。指でそっとドアを叩く音。戸口にトンプソン巡査の髭だらけの顔が現れ、皆にぎこちなく会釈すると、来たときと同じように、一言も発さずに帰っていった。

「こうしてはいられません、船へまいりましょう」トランキル氏はそう言って、びっくり箱から飛び出す人形のように立ち上がり、決然と、頭の上に平たい帽子を乗せた。

Ⅳ　第一当直の男

五人の男とヒンメルブラウ夫人は一言も発さずに、アルデバラン号の後甲板上で輪になっていた。トランキル氏がおどけて言う。

「明る過ぎますね！」

実際、まるで謀議の最中のようなこの奇妙な集団に、冴え冴えと満月の光が降り注いでいる。トランキル氏が言った。

「これから待たなくてはいけません！　どれくらいの時間かは、わかりません。さきほど申し上げたように、今夜、ここに犯人がやって来ます。一つ心配があります。夜はかなり冷え込むことを覚悟しなくてはいけません。じきに霧が凍るでしょう。それに加えて、じっと動かず、音も絶対に立てずに待たなくてはいけません。それだけの犠牲を払わないことには、うまくいかないのです。そんな待ち伏せは、ヒンメルブラウ夫人にはかなり辛いでしょう。奥さん、本当に、ロデリック卿の部屋に下りていませんか？」

「いいえ！　皆さんと一緒に待ちますわ」

夫人はコートの襟を合わせた。気丈な彼女の決意の固さが伝わってくる。

トランキル氏が小声で言う。「それがご希望なら、仕方ありません。それでは、位置につきましょう。男が一人やって来ます。何時かは、わかりません。とにかく、来ます」

「その人が乗ってきたら、どうするのです？」そう尋ねるロデリック卿は、見るからにかなり緊張している。「何か指示をください。どうにも落ち着きません。せめて名前だけでも教えてもらえませんか？」

「その男が来ても、何もしないでください。絶対に物音を立ててはいけません。何より、あなたのためです、船長。名前ですか？」トランキル氏は笑いながらつけ加えた。「そうですね、お教えしましょうか。今夜、ここに来るのはアルデバラン号の船長です！……いや、時間がありません。持ち場を選びましょう。奥さんは、ロデリック卿と一緒にブリッジの操舵室で待つのはいかがでしょう？　あそこなら風当たりが多少は和らぐでしょうから。とは言え、特にあの場所では、冷静を保つことが必要ですよ。グレイロップ署長とビッグス君はブリッジの両側、海軍式に言えば艦中央部がいいでしょう。カウチ先生、船首甲板はいかがです？」

「船首甲板、いいですよ。あの防水シートがあれば、なかなか快適でしょう。これで、甲板からは蟻の這い出る隙もありませんな」

トランキル氏は船の警備に当たっていた二人の警察官のほうを向いた。

「君たちは指定した持ち場がわかっていますね？」

二人は士官居住区へ通じるはしごを下りていった。

急に厚い雲が大軍のように押し寄せて、丸い月を端から覆い、やがて全部飲み込んでしまった。

「曇ってきました！　願ったり叶ったりです」

トランキル氏はそう言うと、船尾へ向かう。それを合図に、各自が待ち伏せの態勢に入る。

かくして、いつ終わるとも知れない待ち伏せが始まった。波止場では、最後まで灯がともっていた窓も暗くなっている。最後まで目を開けていた生者も、あの暗い河、死の弟たる眠りに身を委ね、不思議な夢の国へと運び去られた。ダンバートンの町は今、三万人の死人が眠る墓場に過ぎない。彼らは時おりうわごとを言い、経帷子《きょうかたびら》の下で寝返りを打ちながら、天がもたらす朝ごとの復活を待っている。

アルデバラン号の船上に、すでに訪れているものがあった。このうえなく軽い訪問者、無数の声が生み出す静寂だ。

海のむせび泣きは止むことがない。時おり、船腹に波が打ちつける。時おり、遠くで動物の鳴き交わす声や、何かがきしむような音がする。あるいは風に乗ってきた悲鳴かもしれない。夜の闇にひそむ魔力のなせる業だ。

待ち伏せも、人の心に不可思議な作用を及ぼす。そのせいで、一人ひとりの頭の中にはとりとめのない考えと問いが次から次と湧くのだった。

(誰が来るのだろう?)

遠くで鐘の音が一時を告げる。進展はあるのか?　アルデバラン号の上では、待ち伏せする人々の動かない影が、闇よりも暗い点となっている。動く者は一人もいない……。闇は深くなるばかり。暗闇が人影を完全に飲み込む。

待ち伏せする八人の周囲をうろつく者、さまよう者はいないか?　目当ての男はまだだろうか?

銀色の細い三日月が現れ、刻々と太っていく。雲がこの天体を浸食していたが、今は元の形に復元しつつある。月はどんどん丸く、明るく、洗い上げられたような顔になり、とうとう再び全容を現した。

ブリッジの上で、船長が不意にヒンメルブラウ夫人の腕をぎゅっと摑む。夫人もそれに応え、腕に力を込める。彼女の耳にも聞こえたのだ。音がしたのは、はしごのほうだ……。ブリッジへ通じるはしごに誰かいる。誰かが上ってくる。

二人は、小さな海図室に身を隠すのがやっとだった。航海中の夜間当直のために、船長が簡易寝台を設えた部屋だ。ガラス窓を通して、はしごの上にあるプラットフォームの端が月光を浴びているのがよく見える。そこに何者かが現れるのだ。

男がはしごを上ってくる。

ロデリック船長は目を疑った。再び姿を現した月の光の下、まず士官帽のひさしが見え、それから金属製のボタンのついた紺色の上着、そして、白い布地のズボンが見える。アルデバラン号のもう一人の船長、ヒンメルブラウ殺害犯が、目の前に現れた。

男はためらいもせずに操舵室へ入っていく。

ヒンメルブラウ夫人は叫び声を上げそうになった。操舵室との境の小さなドアを開けて、男が海図室へ入ってくるのではないか？　船長の腕は、夫人がますます強く摑むので、ほとんど麻痺していた。

しかし、男は探し物を見つけたらしい。操舵室を出る際、望遠鏡を真っ直ぐ上に向けて抱えていた。そして、手に持った六分儀で位置の測定を始めたが、航海士なら決してしない、おかしなやり方だった。首を振り、六分儀を斜めに構え、扱い方を知らないかのように、ひっくり返したのだ。それから甲板に戻り、後甲板へ行き、士官居住区へ下りていった。

男はバーへ入っていく。そして、舷窓に薄いカーテンを引き、照明をつけた。オークのカウンターの向こうで、手にしたシェイカーに氷を入れ、相性の悪い酒を手当たり次第に何種類も注ぎ、そのとんでもない混合液を入念にシェイクした。バーテンダーがけっして調合しない、世にも奇妙なカクテルの出来上がりだ。男は満足そうにそれをグラスに注ぎ、士官帽のひさしを指で弾くと、腕をぐいと上げておぞましい液体を流し込む。そのとき、トランキル氏がストローの容器を手に持って戸口に現れた。

「ストローをどうぞ、船長」

トランキル氏がバーの中へ入っていき、船上で待ち伏せしていた全員が後に続く。すると、トビー・グースは――そう、この船長、第一当直の男は、グースだった――飲み干す間もなかったグラスを手にしたまま、オークのカウンターの向こうで啞然とした。

「どうかお許しを！」誰にともなく、グースが言う。そして、ぶつぶつと語り出した。「この船は立ち入り禁止なのに、戻ってきちまった。町にいても、何をしたらいいかわからない。最後のときまで、ここにいたかった。それくらいアルデバラン号が好きでたまらないんだ」

トランキル氏が入ってくるまで、夜の静寂の中で船長ごっこに興じていたときは品格さえ漂わせていた老コックは、今や涙を流している。合図に従って、二人の巡査が入ってきた。バトラー巡査は可哀想な黒猫を尻尾からぶら下げている。船に住み着いた鼠の群れがいくら騒いでも、眠りから覚めなかったらしい。

　巡査が口を開いた。「トランキルさんの忠告に従わなければ、われわれもこの猫のようになっていたでしょう。言われたとおり、グース爺さんが出すものは一口も食べませんでした」

「グースから目を離さないでください」とトランキル氏が言う。「彼こそ、ヒンメルブラウを殺した犯人です。彼は三年前にも、雇い主のアラン・ナイト卿を殺しています。毒を運んだのはこれです。ストローですよ。このごく普通のストローを、グースが青酸カリ溶液に浸し、ヒンメルブラウが取って自分のカクテルに入れたのです」

「でも、ストローに毒はついていなかったはずです。ヒンメルブラウが死んだのは二度目に飲んだときですから」ビッグスが反論する。

「最初の二本のストローには毒がついていませんでした」トランキル氏が得意げに言う。「しかし、三本目のストローについていたのです。ストローは三本ありました」

V　三本目のストロー

　トランキル氏は財布を開いてしわくちゃの紙片を取り出し、伸ばした。ストローが入っていた薄い紙の袋の一つだ。

「ビッグス君、覚えていますか？　あの朝、バーのじゅうたんの上にこの袋がくしゃくしゃになって落ちているのを私が見つけました。そのとき、君は『それは関係ありませんよ』と言いました。それで、私はそれを捨てました。いえ、正確に言えば、三本のうち二本を捨てました。全部で三本あったからです。さて、バーにあったカクテルは二つだけで、それぞれにストローが一本ずつ差してありました。きっと、三つの袋のうち一つは、前日に使われたものだろうと、最初は思いました。しかし、見習い水夫のウロホが事件の直前に掃除をしたのは確かだと言い、ロデリック卿が来客の到着前にはバーに入らなかったと明言したので、このストローの袋は十時十分あるいは二十分の後で捨てられたと考えざるを得なくなりました。つまり、三本目のストローがあったということです。

　ストローの袋に戻りましょう。そのうちの一つ、私が持ち帰った袋には、一つ特徴がありました。両端が破られていたのです。それは何を意味するのでしょう？　何の意味もないかもしれません。何ということもなく、気まぐれでストローの紙の袋の両端を破って、そこからストローを取り出すこともあり得ます。とは言え、一方の端が最初に破られて、その後、別の人がもう一方の端を破る、つまり二人の人間がそれぞれ別のときに破ったと考えられなくもありません。そう思いついたとき、犯行がどのように行われたかを明かす最善の、そしておそらくは唯一の説明が頭にひらめきました……。

そして、最初の疑問が浮かびました。ストローを用意したのは誰か？　すぐに、グースが思い浮かびました。グースよりもふさわしい立場にある者がいたでしょうか？　ストローは配膳室にあり、頼まれもしないのに、グースが持ってきてヒンメルブラウに渡しました……。それに、蝶の部屋の一件もあります」

「そう言えば、見つからなくてよかったと言ったとき、何を探していたのですか？」

「青酸カリですよ、ビッグス君。ロデリック卿が蝶の話をしたとたん、事件の真相の少なくとも一部は、この打ち捨てられた部屋に隠されているのではないかとひらめきました。ビッグス君も、もし私のように蝶のコレクターとつきあいがあれば、数ある毒物のなかでも青酸カリが蝶愛好家の必需品であることに気づいたでしょう。小形の蝶なら腹を指で圧迫するだけで死にますが、ナイト卿の標本ケースで見たツバメガやスズメガといった大形の蝶の場合、羽がばたついて傷むのを防いで完璧な状態の標本にするためには、素早く死なせるほうがいい。注射器を使って微量の青酸カリを体内に注入するのが理想的です。私が探していたのは青酸カリです。注射器は見つかりました。しかし、青酸カリは影も形もありませんでした。

グースは以前ナイト伯父に仕え、その後、甥の下で働くようになった。蝶コレクターであった故人の生きている姿を最後に見た人物でもある。ロデリック卿によれば、ナイト卿には急死するような前兆はまったくなかった。そうした事実を知って、私は妙な疑いを抱くに至りました。グースが誰よりもストローを用意しやすい立場にあったことは確かです。それにしても、ヒンメルブラウを殺すことで彼に何の得があるのでしょう？　何もありません。しかし、ロデリック卿が狙われていたとすれば、また、アルデバラン号の前船長ナイト卿の急死を考えれば、老コックの行動を探るべきではないか？　そう考えました。ある夜、彼が船長と同じ士官服で出かけるところを見かけ、ブラック・スター広場のとあるバーまで尾行しました。そのバーで、グースは士官になりきって得意げにカードをさばいていました。

それを見て、状況が似ていることに気づいたのです。三年前、グースはアルデバラン号船長のアラン・ナイト卿を殺害した。今は、アルデバラン号の船長のロデリック卿を殺害しようとしている。グースがこの船で働いている以上、この船の船長は死の危険にさらされる」

トランキル氏は人差し指をさっとグースに向ける。

「グース、白状しろ。私は間違っているかね？」

「旦那の言ったことは本当です。今の話のとおり、わしがアラン卿を殺しました。ロデリック卿も殺そうとした。アルデバラン号がこの世の何よりも好きだからだ。ある日、亡くなったアラン卿はわしに言った。『トビー、アルデバラン号がそんなに好きなら、私が死んだあと、お前にこの船をやろう』だから、船長服を誂えて待った。だが、アラン卿はなかなか死なない。それで、しびれを切らして、わしが殺した。アラン卿はいつも、よくしてくれた。それでも、大好きな船のために、殺した。だが、それでも船はわしの物にはならなかった。ロデリック卿が新しい船長になったせいでな。船長もよくしてくれたが、それでも殺したくなった。特に、この船がもう海に出ない、この湾にずっと錨を下ろしたままだと知ってからは」

グースが口をつぐむ。

「大好きな船のために！」船長が考え込みながら繰り返す。

「そう、大好きな船のために……」トランキル氏もおうむ返しする。「ロデリック船長、私はグレイロップ署長にあなたを逮捕するよう頼みました。それから、船が警察に引き渡されるのを前に、今夜は二人の警官だけが警備に当たると乗組員の前で告げました。そして、グースに彼らの食事づくりを任せ、泳がすことにしました。そうしたのは、グースが士官服をまとって船長ごっこをする最後の機会を逃すはずはないとにらんだからです」

「お見事」とビッグスが言う。「でも、トランキルさんがいつも出発点にする言葉を借りれば、どのようにして毒がバーの中に持ち込まれたのですか。そして、ロデリック卿のグラスに入らなかったのはなぜですか？」

「そこです！」トランキル氏が答える。「グースは一本のストローに毒を塗りました。どんな策略を練って、他でもない船長にそのストローを使わせたのか……。彼が考案した方法からすると、この爺さんは頭が空っぽのように見えて、心理学がわかっているようです。客が来る予定だと知って――この場合、グレイロップ署長のことです――、グースはバーカウンターの上にあったグラスにストローを二本だけ残しますが、そのうち一本は一見して折れていました。礼儀作法上、船長は使用に耐える唯一のストローを客に勧めます。グースはタイミングを見計らってストローの容器を運び、そのうちの一本に毒を塗っておき、折れたストローの代わりに船長が使うよう仕向けようと考えました」

「なるほど！」ビッグスが言う。「けれども、そもそもその作戦は使えなくなった。犯行の際、船にはヒンメルブラウ夫人、ヒンメルブラウ、カウチがいて、もちろん、グレイロップ署長もまもなく来ることになっていた。ということは、使えるストロー四本と、折れたストロー一本が必要になった」

「グースはヒンメルブラウ夫人がポートワインを所望することを承知していました。カウチ先生は軽い飲み物を頼みました。この二人にはストローは要りません。グレイロップ署長も来る予定でした――でも、まだ到着していません。それで、ストローは二本で足りました。それぞれが所定の位置に置かれました。そして、バーで飲んだ人数のせいで謎は深まり、ますます申し分のない機会となりました」

「何もわかっていないと言われそうですが」とカウチが口を挟む。「どうして、単に折れたストローに毒を塗っておくという手を使わなかったのです?」

「ああ！　やはりそこに気づきましたね！」トランキル氏の口元がほころぶ。「このささやかな難題のおかげで、私のニナスの買い置きはずいぶん減りましたよ。でも、実は何ともたわいないことでした。もしも折れたストローに毒が塗ってあれば、犯人は一目瞭然。たちまちグースだとわかります。ところが、折れたストローでは、飲もうとしてもなかなか飲めません。ストローが折れていれば、別のストローを持ってくる必要が生じます。すると、三十本のストローのなかで一本だけに毒が塗られていたとして、それを被害者がみずから選んだこと――被害者が自分でそれを取ったことを忘れてはいけません――、そして、グースが関わっていることを、どう立証するのか?

船長、あなたが『カクテルを飲み、それからグースがストローを持ってきました』と供述していたら、これほど悩まなかったでしょう。でも、あなたは『グースがストローを持ってきました。そして、カクテルを飲みました』とおっしゃった。実際には、あなた方が最初の一口を飲んでからようやく、グースがバーの入り口に現れて、三十本のストローのなかから毒を塗ったストローを差し出し、あなたがそれを取るのを見届けようとしました。あなたはそのストローを取らないはずがなかった」

「私が取らないはずがない？　なぜです？」

トランキル氏は、二人の警官に挟まれて戸口に立つグースに近づき、彼の上着のポケットからトランプを一組取り出した。入念に札を切ると、裏返して扇形に広げ、右手で持って船長に差し出し、言った。

「一枚選んでください」

船長がカードを一枚引く。

「スペードの8を選びましたね！」とトランキル氏が言う。

船長が今引いたカードを見せる。確かにスペードの8だ。

「相手に特定のカードを引かせる、フォースという手ですよ！」トランキル氏が笑いながら言う。

「グースはカードゲームが三度の飯より好きで、よくこのテクニックを使っていました。それをストローでやったのです」

バーにあった大きなストロー入れをトランキル氏が持ち、ストローを左に大きく傾け、一本だけ右に傾けて見せると、一同はこの方法がさらによく理解できた。

「なるほど、論理づけは完璧で、出来事が起きた順番も正しい。その状況で、どうやって毒がヒンメルブラウのグラスに入ったのでしょう？」グレイロップ署長が尋ねる。

「簡単なことです。カクテルはロデリック卿が注いだが、ストローはヒンメルブラウが配ったからです。グースがストローを持ってくると、ヒンメルブラウはごく自然に、毒が塗られたストローを自分のために取りました。ですから、バーに毒を持ち込んだのはヒンメルブラウです。彼が戸口でグースから差し出されたストロー容器を受け取ったからです。さらに、ヒンメルブラウが自分のグラスに、自分に盛られたのではない毒を入れることになったのです。他の説明は考えられません。折れたストローが見つからなかったのは、ヒンメルブラウが反射的に排水口に投げ捨て、流されたためでしょう。また、ヒンメルブラウが毒つきストローを袋から出すとき、グースが破った端から出さずに、手がつけられていないほうの端から出したのはまったくの偶然でしたが、そのおかげで真相の発見に近づきましたよ。そして、ささやかな問題の解が見つかったのです。つまり、二つのグラスがあり、二本のストローのうち一本に毒が塗られていた。床に落ちていたストローの袋三つのうち一つは両端から開けられていた。三本目のストローを探しなさい、という問題です」

トランキル氏の話が終わると、船長はこう明言した。

「すべて、おっしゃるとおりです。ヒンメルブラウがストローを配りました。ただ、私は後になっても、その事実の重要性に当然ながらまったく気づきませんでした」

船長はそう言うと、口をつぐんだ。実際、両端から開けられた薄くて細い紙の袋という小さな根拠の上に繊細に組み立てられたこの推理に、つけ足すことなど何もなかった。

ビッグスのほうは、キャスリーン嬢への思慕で頭がいっぱいで、それが自尊心の傷を癒やしてはいるが、やはりいささか屈辱を感じて、発言した。

「まだ解明されていない点が多々ありますよ！　ロデリック卿はなぜヒンメルブラウ夫人に『飲まなかっただろうね？』と尋ねたのか？　それを告発するメモを誰が書いたのか？　殺人事件の前夜、乗員の飲食物に睡眠薬を入れたのは誰か？　船長はその夜、どこへ出かけたのか？　グレゴリーを殺したのは誰か？　モーセ・エイントリーはどうなったのか？」

「メモに関しては、グースを調べてください」

「しかし、グースがその言葉を聞いたはずはありません。それに、彼は字が書けないのですよ」

「実のところ、まったく偶然のおかげで、アルデバラン号に乗った際、バーの中の話し声は仕切り壁を通して、配膳室まで筒抜けであることに気づきました。ただ、グースは確かに字が書けません……。いいえ！　誰かに書いてもらえばいいじゃありませんか……」

「確かに、手紙を書かせた」とグースが言う。「ロデリック船長が逮捕されればいいと思ってな」

グレイロップの合図で、二人の警察官がコックを部屋の外へ出した。カウチが口を開く。

「いやあ、まったく、思い込みというのは恐ろしいですな。あの老いぼれは完全に頭がおかしい。あれほどあっけらかんと、臆面もなく自白するとは！　あいつをどうするのですか、署長？」

警察署長は曖昧な身振りをした。

「精神病院がふさわしいのではありませんか」とトランキル氏が言う。「確かに、精神に異常をきたしております。二つの犯罪を犯したことを自覚している反面、子供のように純粋でもある。精神病院を船だと言いくるめてご覧なさい。そして、船長はお前だと言ってやるのです。きっと、二週間もすれば妄想が患者全員に伝染するでしょう。そうすれば、マストも、帆も、エンジンもない病院が彼らの船となり、グース船長の見事な指揮の下、風にも、潮汐にも、暗礁にも、逆流にも邪魔されない航海に漕ぎ出すことができますよ」

長々と語ったトランキル氏は一息つきたくなった。

「ブリッジに上がって一服しませんか？　それからバーへ戻りましょう」

提案するが早いか、もうブリキの小箱を開けて皆に勧めている。小箱の中から覗いているのは、茶色いニナスだ。

「お見事！」ロデリック卿が笑いながら一本引き抜いて言った。「トランプのフォースよりも確実な手だ。あなたのニナスはどれも同じように臭いですからね！」

一同は甲板へ出るはしごを上った。トランキル氏がしんがりを務める。彼が通りすがりにバトラー巡査にこっそりと何か合図を送ると、巡査はバーへ入っていき、すぐにまた出てきた。

夜が明けてきた。太陽はまだ顔を出さないが、天体が及ぼす目に見えない力によって、海面から透明な靄が絡まり合いながら上っていく。テーブルの上には、夜明けの白い光がすでに差し込み始めている。

Ⅵ　警部の三つ目の誤り

トランキル氏が促して皆がバーへ戻ると、ドアの外にはグースが二人の警察官に挟まれ、ぼんやりと立ったままだ。

「色々なことが起こりましたが、事件の最初から最後までを通じ、たった二つの謎、いや、むしろ、二重の謎があるだけだと、私は考えます」トランキル氏はそう言ってビッグスのほうを向いた。

「ビッグス警部、『飲まなかっただろうね』という船長の言葉についてのさっきの質問に答えれば、他のすべての質問の答えも自ずと出てきます。ビッグス君の三つ目の誤り、それは、最初の二つの誤りの産物であります。三つ目の誤りのせいで、君はもう一つのおぞましい犯罪を疑うに至りませんでした。最初の犯罪の状況について見当違いな考えを抱いた結果、『飲まなかっただろうね』という言葉とヒンメルブラウ殺害の間には密接な関係があると、当然のように思い込みました。しかし、私は、ロデリック船長もヒンメルブラウ夫人も無実だと知っておりますから、この言葉も犯罪と関わりがあるはずがないと、たちまち理解したのです。それでは、この言葉は何に関係するのでしょう？　それを解明する必要がありました。そして、私は答えを見つけました。とは言え、これから先は、ロデリック卿の許可を得なくてはお話しできません」

トランキル氏は少しの間、船長を脇に連れていって小声で話しかけた。船長は躊躇したものの、とうとう顔を上げ、きっぱりと言った。

「もはや隠し事をしているときではありませんね。トランキルさん、お話しください。あなたがどうして見抜いたかも、事件とどう関係するかもわかりませんが」

「話しましょう」トランキル氏は淡々と言った。「その前に、カウチ先生にお願いがあります。先生が持ち帰ろうとした本、『シンデレラの娘』の一七三ページを開いていただけますか」

そう言われたカウチは、トランキル氏の無表情な顔に問いかけるような眼差しを向け、それから、上着のポケットを探って本を取り出し、指示されたページを開く。目は自然とページの上に落ちる。数秒後、医師は目を上げた。そして、考え込むような様子をしてから、本を閉じて椅子を後ろへ押しやった。

「トランキルさん、お礼を言わせてください」医師の顔には、日頃の陽気な表情とは似ても似つかない引きつった笑いが浮かんでいる。「お心遣いに感謝します」

そう言うと、カウチはバーのカウンターへ向かい、その上にあったグラスを持ち上げ、中身を飲み干した。

「尻尾を出したな、カウチ！」トランキル氏が叫ぶ。「署長、この男を逮捕してください。罪状は四つ。ロデリック卿の船における窃盗、ロデリック卿に対する違法な投薬、グレゴリーの殺害、モーセ・エイントリーの殺害です」トランキル氏は立ち上がって続けた。「さて、もうここに用はありません。警察署へまいりましょう。ある人と落ち合うことになっているのですよ、グレイロップ署長」

「署長室へ行ってもう少し説明すれば、すべてお話ししたことになりますがね。船長、あなたがしょっちゅう咳をしているのに、私は気づいていました。時々ハンカチを口に当てては、そのあと心配そうに広げて見ていましたね。私はそのハンカチを失敬しました。血がついているのがわかりました。同じ日、一緒に一服したのを覚えていますね。船長は甲板のテーブルに葉巻を置きました。私もその隣に自分の葉巻を置き、再び取り上げたとき、あなたの葉巻を手にしてしまいました。あなたは間髪入れず、新しい葉巻を勧めてくれた。私のニナスが臭いという口実でね。つまり、自分の唇が触れたものに、他人の唇が触れるのを防ごうとしたのです。そのとき、あの質問が思い浮かびました。『飲まなかっただろうね？』あなたは自分のグラスからヒンメルブラウ夫人が飲むのを恐れているのではないか、それで夫人にあんな質問をしたのではないかと、ぴんと来ました。再現実験をあなた方にしてもらった結果、私の仮説の信憑性は高まりました。ヒンメルブラウ夫人はバーで飲む仕草をしたとき、躊躇しました。私が『さあ、ご自分のグラスを持ってください』と言うと、夫人はそのとおりにしましたが、嘘をついている後ろめたさが隠せませんでした。それで、わかったのです。バーに一人でいるとき、夫人が持ったのは自分のではなく、ロデリック卿のグラスだったのだと。なぜそんなことを？……夫人が迷信深いことに、私はすでに気づいていました。その後まもなく、夫人とテレパシーの話をしたとき、彼女は私が思っていたよりもっと迷信深いのだとわかりました」

「あら！」ヒンメルブラウ夫人は笑みを浮かべて言った。「私のほうでは、トランキルさんは迷信については私の同志だと思っていましたわ」

「つまり、二つのことがよくわかりました。ヒンメルブラウ夫人は船長のグラスから飲もうとした。船長には秘密があると気づいたからです。迷信を信じるならば、ある人が飲んだあとで、そのグラスから飲むのは、その人の秘密を知るのに打ってつけの方法です。ヒンメルブラウ夫人が本当にそう信じているかどうかは、わかりません。そんな夢想をしてみただけかもしれません」

夫人は微笑んだまま、うなずく。

「グラスが秘密を打ち明けてくれるなんて、素敵な考えだと思いません？」

「私に言わせれば、それでは間接的にキスをすることになります」とビッグスが言う。

それを聞いて、ヒンメルブラウ夫人は真っ赤になった。ビッグス警部が女性に対しては善意の塊であるのは、疑う余地がない。けれども、その善意をうまく表すのは至難の業のようだ。

トランキル氏は続ける。「もう一つわかったのは、船長が感染性の病気にかかっているようだということです……。それに気づいたのは、グレイロップ署長、私が虫垂炎かもしれないと騒いでいた頃です。今、この場で謝りましょう。あれは仮病で、一人になってよく考えたかっただけでした。グースーヒンメルブラウ事件とグレゴリー殺しは、どうも関係がなさそうに思えました。そのうえ、乗組員昏睡事件も謎に包まれたままでした。そこで、疑問を書き出してみました」トランキル氏はポケットから紙を取り出した。「ご覧になりますか？　あれこれ語るよりも、私の思考の歩みがよくわかるでしょう」

トランキル氏の疑問

問い　乗組員に睡眠薬を飲ませることができたのは？
　　　グレゴリーか。彼は犯行当日、アルデバラン号で目撃されている。
問い　グレゴリーとアルデバラン号の関係は？
　　　一つのみ。半年前にロデリック卿がグレゴリーから買った全三十五巻のユゴー全集。
問い　半年前、アルデバラン号に変わったことがあったか？
　　　出航を予定していたロデリック卿が航海を断念。
問い　正確にはいつ？
　　　ユゴー全集購入の二週間後。
問い　ユゴー全集購入とアルデバラン号停留の間に関係は？
　　　あり得る。
問い　ヒンメルブラウ殺しの翌日、グレゴリー殺害。殺人犯の特徴は？……

手袋を着用。

ユゴー全集の件：船長の部屋で見たとき、気になった点を確認すべし……

ユゴー全集を確認。特筆すべき点なし。勘違いか？……船に向かう途中、ビッグスと遭遇、彼は喜色満面。先に乗船したのか？　ビッグスの指紋を採取すべし……

指紋採取。ユゴー全集のどの巻が問題か、ビッグスの指紋により特定するため、再び乗船。全三十五巻、昨日船室から出たときとは逆の順に並んでいるのを発見。誰が来たのか？　三十五巻分のカバーを持ち帰る……

検査後：第十三巻のカバーにビッグスの指紋を発見。

他の巻にはいっさい指紋なし。二人目の訪問者は手袋を着用……

すなわち：手袋の男、ユゴーと関係あり。

仮定

ユゴー全集第十三巻に千鈞の重み。手袋の男はユゴー全集に何かを探すも、発見に至らなかった。

その場合、ユゴー全集購入はアルデバラン号停留と関係があるのか？

　購入と停留の時期の一致から、少なくとも関係の可能性あり。

それならば：

手袋の男とアルデバラン号停留の関係は？

　あり得る。

関係があるとすれば、どんな方法が使われたのか？

　？？？

同じ問いを別の形にすれば‥

ロデリック卿が再び出航しなかった理由は見当がつくか？

つく。病気（そう考えれば、停泊中の船上で無用な業務が続けられている理由も理解できる。いわば、船長は想像上の航海をしている。）

しかし、手袋の男が使った方法は？

船長の病気が、その方法だったと考えられなくもない。発病は半年前、ユゴー全集購入の直後。自然に罹患したのではなく、故意に誘発されたのかもしれない。

その場合、手袋の男を特定できるだろうか？　つまり、病気から連想されるのは？

　医者！

船員を尋問。カウチは数カ月前からロデリック卿を診ている由。カウチが船長に結核菌を接種？

カウチが手袋の男？（グレゴリー殺害の前日、カウチは彼がアルデバラン号から逃げるのを見た……）

カウチを見張らせるべし……


恐怖心からざわめきが起こり、すぐにロデリック卿の声にかき消された。

「迂闊だった！　われながら馬鹿だった！　カウチに注射されて、治療だと思っていた！」

船長が医師に歩み寄る。医師には自らの死が近づいてくるのがはっきりと見えたが、顔には何の表情も表さない。

「私の負けだな！」カウチが言う。「ロデリック卿、もし耳を傾けてくれるなら、言いたいことがあります。トランキル氏のきわめて興味深い推理が全部披露されてからでいいが」

「ほぼ終わっていますよ。私はジョージにカウチを見張らせました。ジョージはトンプソンの弟です。カウチは探し物が見つからないことに落胆し、ハイランドへ向かいました。珍妙な服装の自転車乗りに変装してね。彼がそこで何をするつもりかは、わかりませんでした。それでも彼の後をつけました。私は私で、ビッグス警部につけられましたが。ビッグス君は例のユゴー全集第十三巻を手に入れ、北部でエイントリーを捜していました。ある夜、人里離れた街道の一軒宿で、カウチに睡眠薬を飲ませて財布を調べました。中にはエイントリーの身分証明書の他に、クルックスという人物の手紙がありました。その文面によれば、手紙の持ち主がクルックスの著書『シンデレラの娘』の唯一の現物を手に入れられれば、彼の遺産の受遺者となる。本と手紙をヘッドミルズの弁護士ピルグリミッジ卿に見せるだけでいいとのことでした。つまり、カウチが探していたのは、クルックスのその本です。グレゴリーが船長に売ったものです。あとはヘッドミルズのその弁護士を見張るだけでした。

ビッグスと組んでもよかったのですが、ビッグスは『シンデレラの娘』を手に入れたことを隠していました。それで、私はハイランドでカウチに罠を仕掛けることにしたのです。うまく行くかどうかはビッグスの出方次第でした。彼は私の勧めに従って、エイントリーの捜索を断念しました。さて、彼が殺人犯を陥れるのに打ってつけの罠を考えるとすれば、それはクルックスの本を、発見した場所、つまり船長室の棚に戻しておいて待ち伏せすることでしょう。

それを見越した私は、カウチより先回りして弁護士に会い、頼み事をしました。一カ月ほど前に本の持ち主が現れたとカウチに話すよう頼んだのです。持ち主の人相については、それとなくエイントリーに似た特徴を伝えてもらうようにしました。

昨日、船長の部屋へ行き、ビッグスが置いた場所からクルックスの本を取り出して、行方不明になった火夫エイントリーの所持品箱に入れておきました。

昨夜の待ち伏せの際、カウチを船首甲板に配置したのは、彼がエイントリーの箱の所に行くと確信していたからです。この最大にして最後のチャンスを彼が逃すはずはありません。実は、カウチの信用を得るために、少し前に会ったとき、グースが犯人だと明かしておきました。カウチはまんまと罠に引っかかりました。待ち伏せの最中に、『シンデレラの娘』をせしめたのです。その本の一七三ページに、私はこんな書き込みをしておきました。『カウチ、バーカウンターの上に置いたグラスに青酸カリが入っている。君にいささかの勇気があるなら、やるべきことがただ一つ残されているとわかるだろう……』。ここにいる全員が、カウチが立ち上がって毒入りの液体だと信じているものを飲むのを見ましたね。実はただの透明な水だったのです。さて、詳しい自白をお聞かせ願えますかな、先生？」

謎解きが終わると、深い沈黙が訪れた。トランキル氏はまさに「記憶と推理の天才」という華々しい呼び名にふさわしい。それでもなお、ビッグス警部は異議を唱えたがった。

「カウチはモーセ・エイントリーが逃げているのを知っていました。エイントリーが本を持っていると信じ込んだカウチは、彼が本を置いていくはずがないと考えたのではないですか」

トランキル氏はにやりと笑って言う。

「カウチはモーセ・エイントリーが逃げているのではないことを承知していました。彼がエイントリーを殺したからです。かなり前から、私は先生が火夫の失踪に関わっているのではないかと疑っていました。そして、〈山家五位亭〉でカウチの財布の中にエイントリーの身分証明書を見つけ、犯罪を確信したのです。なぜ殺さなければいけなかったのか？　それは、失踪したと見せかけ、火夫に疑いを向けさせるためです。なぜ身分証明書をそれほど遠くまで持っていったか？　ダンバートンから何百キロメートルも離れているが、必ず見つかるような場所にわざと捨てて、エイントリーの足取りを暗示するためです。それでも、カウチがどこに彼の遺体を隠したかは、まだわかりませんでした。カウチが皮肉にも大切な菊を愛でさせたときは、まだわかっていなかったのです。しばらく後になって、ひらめきました。花屋のウィンドウに菊の花輪を見かけたのです。私としたことが、まったくぼんやりしていました。カウチが菊を植えたのは、墓の上だったのです。そうです、グレイロップ署長！　ビッグス君！　あの庭師、カウチの花壇の真ん中に見えたピット爺さんは、エイントリーだったのですよ。すでに息絶え、墓穴が掘られていたエイントリー。カウチはやってくる私たちを見ました。そして、おぞましくも機転をきかせ、被害者を手押し車に座らせたのです。果敢にもピット爺さんの作品を見るよう誘ったのです！　市役所で調べたところ、ピット爺さんがカウチ宅の仕事を請け負ったことはないとわかりました」

「まだあります！」ビッグスが執拗に言う。「エイントリーが本を持っていると、あなたはカウチに信じ込ませました。でも、カウチがエイントリーを殺したのは手紙を盗むためではなかったと信じる根拠は？　その場合、あなたの罠はどうなるのです？」

「カウチがエイントリーから手紙を盗んだはずがないと思ったのは、カウチが手紙を持っているはずだと踏んだからです。手袋の男についての私の推理を忘れていますね。半年前、アルデバラン号の出航を阻止することに強い関心を抱いた男のことです。彼の関心は、本を探すことでした。あの船のどこかにあるはずだと、グレゴリーから聞いたからです。エイントリーがアルデバラン号の乗員となったのはそれから四カ月後、つまり今から二カ月前に過ぎません。ですから、六カ月前から本を探していたカウチが手紙を持っていたに違いありません。なぜなら、手紙を持っていなければ、本の存在を知る由もありませんし、逆もまた真なり。それゆえに、自信を持って罠を仕掛けることができたのです」

　しかし、頑固なビッグス警部はなお異議を差し挟もうとする。

「それじゃあ、この質問にはどう答えるのです？　あなたの罠は、僕がこの本を元の場所に戻すことを前提にしていました。もし僕がそうしなかったら？　カウチを捕えることはできません。ずいぶん危険な賭けだったのでは？」

「いいえ、ビッグス君」トランキル氏はにこやかに答える。「不安はみじんもありませんでしたよ。君が本を戻すとわかっていましたから。理由は簡単です。もしも私自身がこの本を持っていたとしたら、絶対にそうしたからです」

それは、この謎マニアがビッグスの資質を高く評価していること絶妙に示す賛辞であり、警部の顔は晴れやかに輝いた。

かくして、トランキル氏は圧倒的勝利を収めた。

「事の次第はすべて、あなたが話したとおりです」とカウチが認めた。「私がグレゴリーを殺したのは確かだが、お察しのとおり、あの状況では正当防衛でした。私は彼から『シンデレラの娘』がロデリック卿の手に渡ったことを知らされた。アルデバラン号で本が見つからなかったため、何度かグレゴリーに会いに行き、そのせいでうっかり、あの本の値打ちを悟られてしまった。ヒンメルブラウ殺害の翌日、グレゴリーもクルックスの本を盗もうとしているに違いないと考えた私は、彼と手を結ぶために店を訪れた。すると、あいつは私を競争相手とみなし、亡きものにしようとした。ただし、トランキルさん、あなたが間違っている点が二つだけあります。私は故意にエイントリーを殺したのではありません。車で帰宅する途中、彼が自転車の操作を誤ったせいで、轢いてしまったのです。

それから、私はただの一度も、船長に結核菌を接種したことはありません。ロデリック卿は現在も、過去にも、結核にはかかっていない。ハンカチの乾いた血痕をちょっと分析すればわかったはずです！　おそらくご存じないでしょうが、歯茎がとても敏感で、すぐに出血するたちの人が時々います。ロデリック卿がインフルエンザにかかったとき、咳をしながらハンカチを唇に当てているのを見て、唾液に血が混じっているのに気づきました。そこで、結核にやられていると思い込ませることにしたのです。これほどたやすいことはなかった。健康な人が病気を恐れてあれこれ想像し過ぎたせいで、その病気の症状を来すことがあるのは、立証された事実です。無害な注射をほんの何本か打っただけで、ロデリック卿はたちまち咳の発作を起こすようになりました。あとは想像力のなせる業です。そして、私の勧めにしたがい、船長は海に出るのを断念しました」

カウチの話を聞くうちに、船長は顔が見る見る明るくなり、こう言った。

「お得意の悪ふざけだったというわけですか、先生。ずいぶん苦しめられたが、今の話を聴いて、憎みきれない気になった」

カウチは首を傾げたまま、何も言わない。

船長がヒンメルブラウ夫人のほうを向く。二人が交わす視線から、苦渋に満ちた過去が、たった今忘却の彼方へ消え去ったことがうかがえる。

ロデリック卿は窓辺に寄った。目の前に見えるのは灰色の通りと、灰色の家並と、足早に歩く通行人と、灰色の日常生活だ。だが、そんなことは船長にはどうでもよかった。彼の思いは別の所にある。彼は目を閉じていた。まぶたの裏に、二つの像が浮かぶ。じっと動かない女性の顔……そして、たゆみなく動き続ける海の、騒がしくも愛らしい「千変万化の笑み」をたたえた顔。

ロデリック卿はゆっくりとテーブルへ戻り、滑稽な形の口髭を生やしたトランキル氏の肩に手を置いて、ただ一言、「トランキルさん……」と声をかけた。

Ⅷ　既製服、注文服

「子供じみた真似ばかりしてしまった！」と船長が言う。「あの病気のことを考えてどれほど怯えたか、とても言葉では表せません……。しかも、ちょうどその頃、ヒンメルブラウ夫人と再会したのです。残念ながらもう人妻でしたが。病気のことは自分の胸にしまっておこうと固く決心しました。それでも、乗員が睡眠薬を飲まされたあの夜、すべてを打ち明けようか迷い、心が千々に乱れたまま、ふらふらと町へ向かったのです。訳もなくヒンメルブラウ邸の周りをうろつきました。結局、決心がつかないまま、船へ戻ったのです。そんな間抜けた散歩のことを、聴取の際、どう説明しろというのでしょう？　こんな暗い秘密は死んでも打ち明けたくなかったが、打ち明けない限り、私の行動は疑惑をかき立てるだけだった。それでも、私は沈黙を守ることに決めた。まったく、子供じみたやり方でした」

「男というものは誰でも、何らかの形で、最後の最後まで子供のままなのですよ。第一、それは幸せなことではありませんか」トランキル氏が応じた。

警官たちに引き立てられて戸口へ向かう際、カウチはテーブルの上にバジル・クルックスの手紙を投げ出し、こう尋ねた。

「私が半年かけても見つけられなかったのに、この本のどこがトランキルさんの注意をたちまち引いたのか、教えてもらえませんか」

「至極簡単ですよ、カウチさん！　ある人が全三十五巻の全集を買って棚に置いた。その中に隠されているものがあるはずだと思い、全集の一巻を探すとします。探し物はどこから見つかるでしょう？　もちろん、そこですよ、カウチさん、棚の上からです。三十五巻の全集、目に入るものはそれ以上でもそれ以下でもない。ペーパーバックの本なら、問題にはなりません。だが、あの全集はハードカバーです。各巻にかけられたカバーは絵入りで、背表紙に作品名が記されている。そう！　カウチさんも私のように各巻をよく観察すれば、どうして第十三巻の上部がつぶれているか、より正確に言えば、へこんでいるのか、いぶかったことでしょう。まるで中身の本よりもカバーのほうが背が高いように見える。全集のある一巻だけが、ほかの巻と違うということがあるでしょうか？　いや、あり得ない！　従って、結論はこうです。ユゴー全集第十三巻のカバーの下にあるのは、ユゴーの作品ではなかった。グレゴリーはそのカバーの下に何が隠されていたか、誰よりもよく知っていました。なぜなら、手元にカバーはあるのに、中身が見つからなかったため、商人の常識として、欠品のある全集はなかなか売れないと知っていたからです。悪知恵の働く古物商は、その後入手した最初の本を、ユゴー全集のカバーの中に滑り込ませました。それがたまたま『シンデレラの娘』だったのです。ロデリック卿は当然ながら、自分のヴィクトル・ユゴー全集をまったく開きませんでした。カウチの過ちは、三十五巻をざっと見渡しただけで他の場所を探してしまったことです。他の三十四巻が注文服をまとうなか、一巻だけサイズの合わない既製服を着せられていることに気づかなかった……。それでも、ある日、彼はユゴー全集をもっとよく調べようと思い立ちました。しかし、遅すぎた。グレゴリーの店で第十三巻を見つけ出したビッグスが、迷わず手を伸ばして取ってしまったからです。そう、ユゴー全集第十三巻のカバーをかけられた、バジル・クルックスの作品を」

トランキル氏はそこまで話すと、聴衆に驚きから立ち直る間も与えず、ドアのほうを向いて声をかけた。

「お入りください、アーロン・ピルグリミッジさん！」

すぐにヘッドミルズの弁護士が入ってきた。どうやら、トランキル氏に呼ばれたらすぐに応じられるよう、ドアの陰で待機していたようだ。

法律家はもったいぶってバーの中央まで進み、椅子に腰掛け、テーブルの上で型押し革の書類カバンを開いた。中から取り出したのは、一通の手紙、一冊の本、封をした包み、自身の法律事務所のレターヘッドつき書類だ。そして、細長い蕪そっくりの顔を二、三度振ってバランスを取ってから、猫なで声で言った。

「皆様、これからバジル・クルックス氏の遺言を読み上げます。氏がサフォーク州ニューマーケット近郊で、自らの意志により首を吊り、その結果逝去されてから、あと三日で三年になります」

Ⅸ　ある作家の突飛な思いつき

書類は以下のように始まっていた。

「これは私の最期の意志を記した遺言である。私はこの遺言書を、私自身の完全な自由意志を行使して作成する。私ことバジル・クルックスは無名の家系の最後の末裔である。生涯にただ一度、家名を高めようとしたものの、成功には至らなかった。

明後日、私の人生の六十四年目が終わると共に、私の生涯も幕を閉じる。それというのも、自然が定めた死の時を先送りにすることはできないが、逆に、早めることはできると考えるからだ。よって、今宵、偶然たどり着いたハイランドの奥地へッドミルズの弁護士アーロン・E・K・ピルグリミッジ卿に、わが遺言を託す」奥地という言葉を読み上げるとき、誇り高き弁護士は眉をひそめた。「明日、私は故郷のサフォーク州ニューマーケットへ帰る。明後日には、首をくくる。しかしながら、その決定的行為に及ぶ前に、この世の才人に授けられる勲章である奇矯さを常に追求し尊重してきた者として、このささやかな奇人の役を全うし、楽しみたいと思う。私がこの地上で成し遂げたことのなかでも特筆すべきなのは、やはり、本を一冊、物したことだろう。『シンデレラの娘』と題した小説を書いたのだ。献辞は、かの偉大なるアーサー・ラッカム画伯に捧げた。画伯の数々の傑作のなかでもとりわけ優美な、エヴァンス編『シンデレラ』の挿画へのオマージュだ。ただ、この小説は結局、わが愚才の凡庸かつ退屈な記念碑にすぎないかもしれない。誰一人わが作品を読もうとしない同胞の悪趣味を咎めるつもりはさらさらない。実際、私の本はたった一人の読者しか得られなかった。そのことは私が一番よく知っている。なぜなら、『シンデレラの娘』は今、一冊を除いてすべて返品され、ニューマーケットの拙宅に保管されているからで、おとぎ話愛好家に売ろうとしても、無駄だった。結局、すべて返品された。購入した唯一の読者が、翌日、迂闊に買ってしまった本を返してきたからだ。添えられた手紙は、わが著書をあからさまにこき下ろしていた。私は、自尊心ある著作家が私の立場にあれば必ずするであろうことを、した。失望した購入者に本代を返金したのだ。そうした経緯により、今宵、私は遺言と共に、鞄に入れてきた私の本を一冊、尊敬すべきアーロン・ピルグリミッジ卿に託すつもりだ。明後日は四月一日。悪戯にはもってこいの日だ。ニューマーケットのささやかなわが家へ帰る道すがら、拙著のもう一冊を取り出して、巻末近くの余白にこう書き込もう。

見知らぬ読者の方へ。拙著『シンデレラの娘』を読了してくださったと、少なくとも願っております。あなたがもしも幸運に恵まれ、私の手紙を発見すれば、私の財産はあなたに差し上げます。手紙には下記と同じ条件が記されております。私は本日、一九二三年四月一日正午過ぎ、ケンブリッジ発イプスウィッチ行きの下り急行列車がニューマーケットの急カーブに差しかかるとき、列車に『シンデレラの娘』を投げ入れます。数分後、イプスウィッチ発ケンブリッジ行き上り急行に、手紙を投げ込みます。本日から三年以内に、本と手紙を、スコットランドのハイランド地方ヘッドミルズの弁護士アーロン・ピルグリミッジ卿に持参した方が、私の遺産を受け取ることになります。

上記のとおり二度の投げ込みを実行したら、適当な木を見つけてすぐに首を吊ろう。これからピルグリミッジ卿のもとへ赴いて遺言の執行を依頼し、手紙の写しと『シンデレラ』一冊と共に、私の全財産を入れて封印した包みを託す。尊敬すべき弁護士先生には、わが受遺者から相応の報酬と謝礼が、手間と尽力に対して支払われるものとする。三年が経過しても本と手紙が持ち込まれない場合、ピルグリミッジ卿は拙著を読む義務を負うことなくわが財産すべてを相続するものとする。

一九二三年三月三十日、ヘッドミルズにて、バジル・クルックス自ら作成、署名す」

ピルグリミッジ氏は読み終えると、ささやかな聴衆を見渡した。

船長が口を切る。

「私としては、そんな呪われた財産は一スーも欲しくありません」

「おっと！　早合点しちゃいけない」広げた書類を前にしたヘッドミルズの弁護士が、もったいぶった口調はどこへやら、慌てて叫んだ。「ちょっとした謎が解けたからといって、すべて片がついたわけではありませんよ。まだ解決すべき問題が残っています。重大な法律上の問題です。ここにバジル・クルックスの手紙があります。こちらが彼の本。手紙の所有者はカウチ医師。本の所有者はロデリック卿。遺言は正式です。『手紙と本は同一人物が所有すること』。誰がクルックスの遺産を相続するのでしょう?」

「カウチの相続人が分けるか、あなたが受け取ればいい。私はそれでまったく構いません」とロデリック卿が言う。

「二つの方法のいずれも、適切ではないと思われます」アーロン・E・K・ピルグリミッジ卿はいかにも残念そうに言った。「しかしながら、皆さんの前でバジル・クルックス氏からの寄託物を開いてみる役は、私めが引き受けましょう」

皆が興味津々で集まってくるなか、弁護士が震える指で封印を破る。包みの中身は……。

紙幣は一枚もない。証券も株券もない。あるのは一通の手紙、複製画、原稿だけだ。

ピルグリミッジ卿の顔に深い落胆が広がる。すると、弁護士の顔はますます細長い蕪に似てきた。とは言え、今ではしなびた蕪だ。評判を気にする料理人なら、けっして鍋に放り込もうとは思わない代物である。

アーロン・ピルグリミッジ卿が手紙を読み上げる。その声は、読み進むにつれて陰鬱さを増していった。

「私ことバジル・クルックスは、身分証明書によれば作家であるが、売れない小説を出版したため、破産した。見知らぬ相続人に、この世で私に残されたすべてを遺贈する。遺贈する品は以下のとおり。

一、私の小説の原稿。丈夫な紙の表側だけに書いてある。この遺産が文人の手に渡ったならば、裏側に別の小説を書くことができよう。その作品の成功を心から願うものである。

二、複製画。アーサー・ラッカム画伯がここに描いたのは、エヴァンスがその艱難辛苦を語った美しいヒロイン、シンデレラである。私はこの絵を愛でているうちに、自分も本を書いてみようという無分別な企てを思いついた。

三、私の不幸な前例。相続者が文人であった場合には、熟考のまたとない材料となろう。だが、悲しいかな、きっと彼はその前例の教訓から何も汲み取ろうとしないだろう。

以上を最後の口上として、奇矯さを愛したクルックスは、この世を去った。

ヒンメルブラウ夫人が複製画をしげしげと見る。繊細な絵だ。左側には目鼻立ちの整った娘。ぼろをまとい、みすぼらしい家の廊下で悲嘆に暮れている。右側にはかつらを着けて剣を下げた古めかしい出で立ちの侯爵。恭しくひざまずき、見えない美女に花を一輪、差し出している。二人の周囲を花飾りが囲む。その下では、侯爵夫妻がそれは楽しげに、見事なパヴァーヌを踊っている。その上で、鼠と蜥蜴が長い尻尾をくねらせ、冷やかすようにサラバンドを踊る。二枚の絵の下部では、躾の行き届いた従僕が、盆に載せた背の高いカラフと花模様のクリスタルグラスを二個、捧げ持っている。クリスタルはきわめて華奢で、触れ合うとそれは美しい音が響きそうだ。

「弁護士さん、もし差し支えなければ、この複製画を喜んでいただきます」船長が言った。「この絵には、今回の劇的な事件がそのまま凝縮されています。事件は遠く離れたサフォーク州で始まり、この小さなバーでようやく解決しました……。恋する臆病な男。涙に暮れる美しい娘。そして、周囲には二人を引き離そうと躍起になる邪悪な生きものである鼠と蜥蜴。そのうえ、グラスまである。例のグラスを思い出さずにはいられません。手前味噌ながら上等なカクテルだったのに、不届き者が死の酒に変えてしまったグラスです！」

「奇妙な事件だった」グレイロップ署長が総括するように言う。「最初は犯罪ではなかったのに、その後、さまざまなちょっとした出来事が絡み合った。些細な事柄、小さな偶然の数々がもつれ、大きな犯罪を呼んでしまった。不運な作家の突飛な冗談。いくばくかの金を得るために、つまらない小説をユゴー全集のカバーの下に隠した古物商の小細工。そして、迷信深い女性の気まぐれ。実につかみどころのない謎でした。さまざまな事柄がもつれ合い、小さな歯車のどれか一つでも欠ければ、全体の動きが止められたかもしれない」

グレイロップはしばし口をつぐんでから言った。

「われわれ全員が、ヴァカンスを必要としているように思います。ハイランドへ出かけませんか？灰色の空の下、荒れ野から飛び立つアカライチョウの鳴き声、銃声に驚いた翼の羽ばたきは、男にとって最高の気晴らしになります」

「申し訳ありません、署長」とビッグスがにこにこして口を挟む。「実は……キャスリーン嬢に、ダンバートンの名所を案内すると約束しましたので」

「大いに楽しみたまえ。君のように能弁なガイドと一緒なら、若い娘さんも退屈しないだろう。ロデリック卿とヒンメルブラウ夫人はもちろん、ハイランド行きに賛成でしょう。トランキルさんもご一緒にいかがです」

謎マニアは躊躇する。

「そう言えば、古文書を管理しているお友達が、あちらに十三世紀の城塞があると話していましたわ」と、ヒンメルブラウ夫人が悪戯っぽい顔でほのめかす。

トランキル氏にも、もう異存はなかった。

訳者あとがき

本書はピエール・ヴェリー（一九〇〇―一九六〇）作『Le Testament de Basil Crookes（バジル・クルックスの遺言）』（一九三〇年）の全訳である。邦題は旧訳に合わせ、『絶版殺人事件』とした。

ヴェリーは一九〇〇年にフランス、シャラント県ベロンに生まれた。父は元教師で、ノルマンディー州コンデ＝シュル＝ノワローの町長も務めた。幼い頃から母が昔話を語って聞かせたことが、夢想と物語を愛するヴェリーの性格を形作ったらしい。その母を十三歳で亡くし、十五歳でパリへ引っ越した。高校卒業後、いくつかの職を経て、後に詩人となる友人ピエール・ベアルンと世界一周を企て挫折。貨物船の炊事係として働いたあと、二十四歳のとき、ベアルンと共にパリに古書店を開いた。

雑誌の編集などに携わりながら文筆活動をし、一九二九年に小説『Pont-Egaré（ポン＝テガレ村）』でデビュー。この処女作は高い評価を得て、ルノドー賞、フェミナ賞の候補となる。翌年、本作『絶版殺人事件』で第一回冒険小説大賞を受賞した。純文学とミステリ、二つのジャンルの間で迷い、数作の純文学作品を発表したあと、一九三四年にミステリに軸足を移すことを決め、探偵プロスペール・ルピックが活躍するシリーズを含めて生涯におよそ三〇冊のミステリを発表した。一九三八年には『Disparus de Saint-Agil（サン＝タジルの失踪者）』が映画化され、ヴェリーの名は広く知られるようになる。自作の脚色の他、映画の脚本も多数手がけた。名優ジェラール・フィリップ（一九二二

―一九五九）主演の映画『パルムの僧院』（一九四八年）もヴェリーの脚本による。宮廷の陰謀や人間模様を描いたスタンダールの長編を、二枚目俳優の魅力全開の活劇・娯楽映画に仕立て上げたヴェリーの手腕は見事と言う他はない。

少年時代は自転車競技に熱中していたとのことで、その経験が本作にも投影されているようだ。また、貨物船の乗組員という経歴がアルデバラン号の描写に活かされているのは間違いないだろう。

当初は純文学を志していたヴェリーは、ミステリにも詩情を盛り込もうと努めた。軽妙なユーモアを感じさせる文体も特徴的である。

本作『絶版殺人事件』は、売れない作家の遊び心から遺された一通の手紙と一冊の本が思わぬ波乱を巻き起こし、殺人事件にまで発展する物語だ。事件を解明しようと奮闘するのは、フランス人のアマチュア探偵と、鼻っ柱の強いスコットランド警察の辣腕警部（ポケットから高級紙タイムズを取り出すところを見ると、ビッグスは高学歴のエリートなのだろう）、そして、実直で温厚な署長。その周囲にはクルーザーの船長と乗組員、港町の開業医、実業家夫妻など、多彩なキャラクターが配されている。

フランス語で書かれた本作の舞台は、スコットランドである。歴史をひもとけば、スコットランド女王にしてフランス王妃メアリー・ステュアート（一五四二―一五八七）をはじめ、フランスとスコットランドには深いつながりがあった。二〇一四年にスコットランドで、イギリスからの独立の是非を問う国民投票が行なわれたのは記憶に新しい。イギリスという国家が誕生する前には、スコットランドは隣国イングランドの脅威に度々さらされていた。そのため、やはりイングランドと敵対していたフランスと同盟関係を結んだのだ。作者ヴェリーの意図は知る由もないが、フランス人にとって昔から親しみのある土地であることは確かなようだ。

ダンバートンはグラスゴーの西北約二十キロメートルに位置し、細長く切れ込んだクライド湾に面した古都で、古代ストラスクライド王国の首都であったという。

本作のなかで作者ヴェリーの文学的素養が強く感じられたのは、アルデバラン号の前船長が遺した蝶のコレクションに関するくだりだ。この場面で、フランス語でスズメガを意味する語 sphinx《スフィンクス》が象徴的に使われている。スフィンクスには「謎めいた人物」の意味もある。これは、ギリシア神話で旅人に謎をかける怪物スフィンクスから派生した意味だろう。故ミッテラン大統領のニックネームでもあった。船上でひっそりと保存される大きな蛾《スフィンクス》の標本は、謎が深まるばかりの事件を象徴しているかのようだ。

ちなみに、日本語では一般に「蝶」「蛾」と使い分けるものの、昆虫分類学では、この二つを区別しないそうだ。そのせいか、フランス語では蝶にも蛾にも papillon《パピヨン》という同じ単語を使い、蛾は papillon de nuit《パピヨン・ドゥ・ニュイ》（夜の蝶）と呼ばれる。あまりいいイメージのない日本語の「蛾」に比べ、ロマンチックな趣がある語だ。

本作の旧訳（抄訳）は「絶版殺人事件」（上野三郎訳）として『新青年』一九三七年十一月増刊号に掲載された他、「ユーゴー全集の怪事件」（白木茂訳）として学研『高一コース』一九六三年十月号の付録ともなったようだ。

今回、『新青年』掲載の「絶版殺人事件」を参照し、以下のような点に気づいた。

主要登場人物の一人「トランキル氏」は「トランキーユ氏」となっている。原語 Tranquille は「平静な」を意味する形容詞と同じつづりなので、本書ではこの形容詞の発音にならい、「トランキル氏」とした。ヴェリーは冷静沈着なトランキル氏の性格にちなんでこのように命名したのだろうか。素晴らしい頭脳の冴えを見せる反面、身なりには構わず安葉巻を吸い、道端で切手やコインを拾っては悦に入るトランキル氏の変人ぶりはなかなかユーモラスである。

旧訳の「絶版殺人事件」は逐語訳ではなく、「超訳」に近い。大筋では内容に忠実だが、かなり大胆にセンテンスを入れ替えたり、些末な描写を省略したり、修飾語を加えたりしている。

原文はユーモアを感じさせる文体だが、作者のヴェリーが純文学作家でもあったことをうかがわせるような文学的描写も少なくない。それに比べて、旧訳はいわば講談調で、面白おかしく盛り上げるために、原文にない言葉が随所で付け足されている。

旧訳の訳語には、一般の読者が海外の事情に疎かった時代が反映されている。ティーポットは「土瓶」。チェリーパイは「ジャムパン」。チェスは「将棋」。事件の発端となった本のタイトルは『下女姫《シンデレラ》の娘』。訳者の苦心がうかがえ、興味深い。縊死した男の体が「塩鮭のように宙吊《ちゅうづり》になってしまった」とあるが、現代の読者にはもはやぴんと来ない表現かもしれない。

最後に、作中で引用されている作品の邦訳をご紹介したい。第三部第六章でトランキル氏が暗誦するヴィクトル・ユゴーの詩「良心」は、上田敏による訳が『海潮音』（新潮文庫ほか）に収められている。

バジル・クルックスにインスピレーションを与えたアーサー・ラッカムの美しい挿画は、『シンデレラ』（C・S・エヴァンス編、安達まみ訳、新書館、一九九五年）で楽しめる。

ピエール・ヴェリーの作品

ミステリ

プロスペール・ルピックもの

『Meurtre quai des Orfèvres（オルフェーヴル河岸殺人事件）』（一九三四年）

『L'Assasinat du Père Noël』（一九三四年）（『サンタクロース殺人事件』村上光彦訳、晶文社、二〇〇三年）

『Les disparus de Saint-Agil（サン＝タジルの失踪者）』（一九三五年）

『Le thé des vieilles dames（老婦人のお茶）』（一九三七年）

他

その他のミステリ

『Les quatre vipères（四匹の蛇）』（一九三四年）

『Goupi Mains Rouges（グピ・マン・ルージュ）』（一九三七年）

『L'Inspecteur Max（マックス警部）』（一九三七年）

『Les anciens de Saint-Loup（サン＝ルーの同窓生）』（一九四四年）

他

一般小説
『Pont-Egaré（ポン＝テガレ村）』（一九二九年）
『Danse à l'ombre（暗闇のダンス）』（一九三〇年）
『Le Pays sans étoiles（星のない国）』（一九四五年）
『La révolte des Pères Noël』（一九五九年）（『サンタクロースの反乱』村上光彦訳、晶文社、一九七九年）
他

あとがきを書くにあたり、ウィキペディア仏語版および『サンタクロース殺人事件』（晶文社、二〇〇三年）の訳者村上光彦氏によるあとがきを参考にさせていただきました。内容についての疑問に快くお答えくださったアンドレ＝ポール・イテルさん、旧訳の資料の提供をはじめ、今回もたいへんお世話になった論創社の林威一郎さんと黒田明さんにも、この場を借りてお礼を申し上げます。ありがとうございました。

二〇一八年十二月

佐藤絵里

〔著者〕
ピエール・ヴェリー
フランス、シャラント県ベロン生まれ。24歳の時、友人とパリで古書店を開く。雑誌の編集などに携わりながら執筆活動を続け、1929年、「Pont-Egaré」で作家デビュー。30年『絶版殺人事件』で、第一回フランス冒険小説大賞を受賞。

〔訳者〕
佐藤絵里（さとう・えり）
東京外国語大学外国語学部フランス語学科卒業。英語、フランス語の翻訳を手がける。訳書に『最新 世界情勢地図』（ディスカヴァー・トゥエンティワン）、『紺碧海岸のメグレ』（論創社）、『フォトグラフィー 世界の香水：神話になった65の名作』（原書房）、『シリアル・キラーズ・クラブ』（柏艪舎）など。

絶版殺人事件《ぜっぱんさつじんじけん》
——論創海外ミステリ 227

2019年2月20日　初版第1刷印刷
2019年2月28日　初版第1刷発行

著　者　ピエール・ヴェリー
訳　者　佐藤絵里
装　丁　奥定泰之
発行人　森下紀夫
発行所　論 創 社

〒101-0051 東京都千代田区神田神保町2-23 北井ビル
TEL:03-3264-5254 FAX:03-3264-5254 振替口座 00160-1-155266
WEB:http://www.ronso.co.jp

印刷・製本　中央精版印刷
組版　フレックスアート

ISBN978-4-8460-1797-2